U0131343

九重葛与美少年

李渝

——小說十五篇

目錄

待鶴

受到陽光撫照了一天的金頂，
這時變成一撮光源，
一簇峰火，一朵篝火，
莊嚴又綺麗，蕭肅也安慰。
就算是最後的一朵火罷，
就算是最後一朵火的最後燃燒，
就算是黑夜將吞噬大地，全世界都將淪陷或早就淪陷了，
也不會放棄對美德的執守，在晦黯中倔然地燃點著。

一、鶴的傳聞

據說每年秋冬交替的時候，喜馬拉雅山的黑頸鶴飛過叢山峻嶺，迢迢南來不丹越冬，路上在固定的一天，總會停歇境內西北山區的一座寺院，繞著金色的屋頂匝飛三圈。

這樣的傳說不禁使人想起了一幅圖畫，宋徽宗趙佶的《瑞鶴圖》來。

現藏中國遼寧省博物館的《瑞鶴圖》，畫的正是鶴群翺翔在宮門脊梁上的景象。圖取絹本冊頁格式，墨筆淡彩，屋頂使用一整片的石青，晚空渲染出薄薄的霞暈，鶴身敷粉，眼睛生漆點染，充滿歡欣的生機。小小一幅軸頁有畫有書有文，畫是精緻的院體工筆，書是峻艷的瘦金，文是雅致的敘事與詩，工麗不媚人，頹廢中見峻峭的藝術家氣質，展盡了徽宗傲然千古的藝術成就。

畫家自己在跋中記錄，壬辰上元節的第二天，近夕時分，突然祥雲郁郁然生起，低低掩映在端門的上空，眾人都抬頭仰望，倏時飛來一群鶴，鳴叫著。其中有兩隻對立停駐在樑脊的鴟尾，很是閑逸的樣子，其餘的翱翔在空中，好像順應了某種韻律似的來來往往，舞出各種美麗的姿勢。瞻望著的都城人民莫不驚嘆。鶴群盤旋，久久不散，終於向西北天隅迤邐而去。畫家很是感動，為此起筆畫圖，書跋，并付讚詩。

繪圖并記事，圖文皆茂，在影音科技尚未出現的十二世紀二〇年代，《瑞鶴圖》不締是一節精彩的影視短片了。不丹人民相信黑頸鶴是引渡苦難，帶來福賜的吉祥鳥，身處大災難中的徽宗畫眾鶴飛臨宮城，描寫自然與人間互動的祥機，想必也分享了一樣的祈盼罷？

那一天，北宋政和壬辰二年上元次夕，公元一一一二年陰曆正月十六日，都城汴京，鶴究竟有沒有來訪？或者說，《瑞鶴圖》的確是目擊紀實，還是浪漫的想像？是徽宗真跡還是代筆？沒有人能明確知曉。畫家觀察入微，仔細描繪出每一片瓦每一簇羽毛，每一個飛翔的姿勢，就是提供了鑿鑿的證據了。十五年後，靖康二年西元一一二七年，金兵攻陷汴梁，徽宗被掠而去，內外構造如此精緻的人被押送到荒野的烏龍江，囚禁八年而病終。北宋在徽宗御下結束，歷史給以一代昏君的毀稱。其實徽宗自然是不昏的，他是時間和精力全用去藝術活動上而顧不及政治了，從藝術的角度來看，譽之為藝術的獻身者恐怕還更合適些呢。數歷史悲劇人物，生錯時代和身份的徽宗要算是其中佼佼的。

然而定點在這一綺麗的黃昏，剎那的一個時空，當神話和現實同時出現而無法辨分時，藝術家以真實明確的圖錄繪述感動，為我們留下了不朽的祝福。

二、不丹公主

三年前我的小說課來了一位很特別的女孩子，油亮的一條辮子拖到了腰，總穿著像是手工織作的長裙，顏色搭配得好看極了，在把牛仔褲和黑衣系列當制服一樣穿的學生們中間，顯得裊娜有姿。我沒見過她化妝，乾淨的單眼皮，小巧的嘴和鼻，笑起來十分秀麗。就亞裔來說，她的膚色比較深，本以為混了印地安人血統，後來才知道她是不丹來的留學生，皇族的一個女兒。

放假前一天罷，她來交功課，這回裙子又是美不勝收，絳紅色的綢面上或織或繡著繽紛的花卉飛鳥等，簡直是幅織錦圖，鳥羽的部份只讓人想起「巧奪天工」的話來，我禁不住一看再看，連連稱讚。

是哪一種鳥呢？我問。

是鶴，她回答，不丹常見的鶴呢。

後來我之能進入當時仍被不丹列為禁區的西北山區，就是因為有這位公主學生替我辦好了入境許可的緣故。而行程的主要目的，不瞞你說，莫非是想親眼看見傳聞中的鶴群飛抵寺院時，那翱翔金頂一如古畫般的景象了。

三年前的旅行在時間上安排得不理想，而且中途發生了一起事故，路程沒有走完就匆匆結束回返，願望並沒有達成。

有上一次經驗為戒，這一趟再去，自然要計畫得周全些。我先跟國際鶴協會查問到今年鶴至的時間——十一月七日到十二日，反正我這學期請假，時間上可以配合了，於是我便釐定行程上報學校。校方卻希望我打消主意，擔心的是，現在毛派游擊隊正在喜馬拉雅山南麓活動頻繁，如果誤撞進範圍，莫名其妙地萬一被劫持，引發當今常見的人質事件，就是沒有必要又無法擔當的了。

這當然是不可能的，不過我還是找出了不丹公主的郵址。畢業以後她沒有回國，在曼哈頓下城的服裝設計界開始了自己的事業。公主一口答應幫忙，提供一封官方承諾協助和保護的信件，學校也就勉強同意了。

十月底，跟隨本校電影系紀錄片攝製小隊，我再一次飛向亞細亞，經尼泊爾從加德滿都轉入不丹。

從機場到城市的路上滿見國王像明星一樣的照片，的確是位被媒體頻頻美譽的英俊國王呢。深受人民愛戴的他卻不想再管事，頒下了全民普選的命令，全國將在明年春三月舉行歷史上的首次民主選舉，古老的國家就要從世襲君主制向議會民主轉型了。不丹的歷史自然也是有戰爭、暴動、鎮壓、暗殺等等，而被理想化為「最後的香格里拉」的同時，也是貧富差距很大，被國際譴責執行種族清洗政策，迫害移民等，不少異議人士仍流亡在國外的。

公主果然有法，當局送來二名特陪，一切手續都先代為辦好，只要付費即可。為了應付國家旅遊政策每日最低美金二百元消費量的規定，我們都多帶了現款，後來果真派上了用場。

長途飛行雖然疲累，為了節省時間，歇息一會後大家便決定上山，因為我有私事，就留下一位陪同在山下多待一會。

是的，除了看鶴，除了為新近公開的一批窟藏繪畫存檔以外，我還有一件事要辦理——探訪一位當地女子，一位嚮導的妻子。

記憶因重回地點而翻新，三年前還沒有現在這種公路，多是鑿壁而成的坡徑，說是走路，不如用跋涉來形容還更恰當。

領隊的嚮導探路在前，失腳落下了深谷。

記得那天的前一夜下了雨，第二天天氣卻很好，幾天不散的薄霧都消了。兩位導路是熟知地形的本地青年，走在一前一後。當時天氣晴朗，山川明淨，一切都很順利，卻不知危機四伏。也許是雨後石滑，也許是岩塊鬆動，也許是人有差遲，突然前邊一位身子一歪，失去平衡，斜倒下來，眼睛都還不及追，只聽見一聲喊叫，就翻滾下了陡壁。一乍時人人怔在原處，失去反應的能力。電影上才見得的驚恐鏡頭真實出現，就在身邊眼前，快速而突兀。沒有人能開口；一聲嘶喊的尾音如同警訊一般回顫在峽谷中。

隊伍匆忙和救援取得聯絡，緊急尋找到墜落的地點，用擔架送到了急救站，可是情況已經是無濟於事了。以下的一程真像夢魘一般，不幸消息必須帶給待歸的妻子——聽說他們新婚不久。

車開到村里，妻子已站在屋舍前。旅行社人員急走上前，用本地語還沒說一兩句她就面露驚慌，勉強再聽到某處，不等對方說完就放聲大哭起來，哭到彎下腰，坐下了地上。我們狼狽極了，束手無策，想伸手去拉又感到一無是處，本以為有心理準備的，一旦來到眼前卻完全不知所措，沒有人知道怎樣去安慰才合適，愚蠢又無力極了。

車停在曬穀場邊時，村人已在等著，這時聚攏過來，圍住了我們。黃昏時分，地面失去光度，人臉的五官晦黯在影裡，一張一張乾黃又陌生的臉，浪漫人類學者式的玫瑰色眼睛看去的虛相不見了，現出的是偏遠貧窮地區的真實生存情況。臉上的表情難以揣度，是同情，憐憫？嘲諷，威脅？是難測的深沉？還是粗鈍和無知？似乎都不是，張張的臉上都像戴著面具，回到人類跟獸類沒有分別的默然與漠然的生理本質，其實是探察不出表情，沒有表情的。

我突然害怕起來，一陣恐懼涌上。這身邊圍著的一圈人，難道他們究竟要自己動手來處理事情了嗎？想必他們終究是明白，這批外來過客都是某種程度的剝削掠奪者，都是偽善的人，明白真正應該為此事負責任的肇禍者，是這批人。

從醫療站回來的路上，她已經鎮靜下來，一種失神替代了先前的激動，默默地坐在車後座，雙手緊握在膝上，頭轉向窗外，保持了一個靜止的姿勢，只有垂在前額的散髮隨車的顛簸而晃動著。

時間已經近夜了，山麓的濕氣消退，空氣愈發冷冽，天空出奇的清亮，沒有一朵雲，一整空的靛藍色。窗玻璃前的女子的側影跟公主一樣秀巧，夕光中較深的膚色把人形沉澱成影，側臉的輪廓切出一張剪紙，托在晚空的藍底上。幾個小時前一個二十餘歲的生命剎然消失了，天空的藍色沒有受到影響，依然是這樣的純淨安詳，是無動於衷的冷漠，還是徹底的瞭解與同情，於是才達到了這等的高度？

三、年輕的愛人

我再站在同一屋舍前，深秋的藍空依舊一塵不染。這回我才看出這是間兩層建築，下邊白色的基牆裡邊是養著家畜的儲倉，上邊住人，木料部份都漆成赭黃色，火紅的乾辣椒一串串垂掛在屋檐前。

她已經候在門檻迎接了。簡樸的室內一眼就看到佛龕坐在黃絹檯桌上，灶頭的爐火燒得正好，屋裡充滿了濃郁的奶茶香，角落都收拾得乾乾淨淨的，似乎專為客人而打理過。一個年輕男子迎上來，膝旁跟著一個臉頰紅彤彤的小男孩子，手裡拿著一塊糕餅吃著。她似乎比記憶裡高了些，身材實了些，這次我才看見她皮膚緊滑又健康。原來她是這樣的年輕，只是二十出頭罷。

我們坐在近窗的小凳上，原來她能說不錯的英文。不丹實行雙語教育，又曾是英屬地，似乎人人都能說英語的模樣。男子忙備茶，端過來放在用成擺桌的另一個小木凳上。丈夫的他就在鄰近小學工作，課餘也是作導陪的。

打點了好一陣子，丈夫才停下了手腳，拉過來小男孩，一同坐去那頭的地毯上，露著和善的笑容看這邊的我們說話，偶爾站起來，撥弄一下爐火。這是全屋暖氣的來源，十一月的山區已經很冷了。我打開背包，拿出帶來的禮物時，孩子又湊了過來，父親仍坐在原處，羞澀又滿足地笑著。聽說不丹男子要比漢族男子好得太多呢。我想起了沈從文寫在〈丈夫〉裡的，坐在船頭撥弄著二弦琴，耐心等候妻子在艙裡做完妓女生意的丈夫了。沈從文常寫弱勢人物，想必那丈夫也是偏遠人士的；漢人的精神都忙在勾心鬥角的政治活動裡，哪顧得這些細微的心思的。

灶口跳躍著小小的火頭，壺在爐上燒，點心擺在几上，茶杯冒出溫暖的水氣，小男孩把頭擱在母親的膝蓋間，臉上的餅屑都擦弄在長裙的褶縫裡。

一條家居裙子而已，竟也一樣的好看呢，這回是紅底上橫織著紅、黃、橘等幾何迴文的花案。這裡的人似乎對紅色系統特別有感覺，總能變化出各種相近又相異的色調，搭配得綺麗又天成。年輕母親的雙頰跟懷中孩子臉上一樣是紅彤彤的。

專程而來，說是為了探訪面前的女子，不如承認更是為了一個私自的原因。是的，不瞞你說，三年來，對那次旅行發生的事故，我一直不能消去歉疚的感覺。

現在屋裡的世界看來日常又平和，顯然當事人已經離開那一時間，好好地往前走了，我真為她高興，然而旁觀者的我，卻仍舊停留在原時間，糾纏在原情況中。如同發生了放演故障的影片，記憶的畫面軋在機件的齒輪上無法移動，掙扎在幾個定格之間前前後後，不能往前走——

寥曠的天空和乾淨的山脈，一個人的背影在道路上走著，突然傾倒——

我常想，當時如果走在前面的是我，滑下陡崖的就是我而不是他。而我，或者隊中任何一個別人，都可能在那明朗的早晨走在前頭的。只是一個偶然，在一個片刻，命運變數出現，不能預測，沒有警告，如此決斷，分毫不能商議或妥協，生命如何是這樣令人恐懼的倏忽和虛無！

四、深淵

數校園裡最雄偉的建築，應該是總圖書館罷，外表由赭紅色混凝土砌成高聳的塊面，之間鑲嵌著深色大玻璃，裡邊也多採用聳直的線條和面積，建構得緊湊又莊嚴，很能呈現一種睿雋的知性氣質。可它看起來也挺冷峻的，總讓人覺得不太友善，尤其是中庭天井滑石子地面的幾何圖形，在構造和色調上都引起叢山峻嶺、峰巒尖聳的聯想，叫人腳下生畏，走上去都有點害怕呢。要是你上樓去，從樓上往下看，這天井地面更會變成一叢叢重疊的深淵，一大片陰險的迷陣，發出令人昏眩的誘惑力，好像招呼著你，要你跳下來一樣。

果然圖書館老出事，學生真從邊樓往這天井下跳的事已經發生了好幾樁，為了防堵再發，現在邊樓敞開的部份都圍封上了塑膠玻璃板了。

安穩了一陣子，學校正慶幸防止有效時，不料又有一個醫預科學生跳了下來。發生在午夜。只聽見碰的一聲巨響，當時在場的一個學生告訴我。

看見了嗎？究竟是怎麼回事？我問。警衛很快就來了，學生回答。

不是圍上了玻璃牆嗎？怎麼能翻越七、八尺高的玻璃而躍下的呢？很多人都有一樣的問題。

第十二層樓是有空隙的，學生告訴說。

空隙在哪裡？

原來十二樓是頂層，佈滿了水管、電線、梯架、櫥櫃等等，玻璃牆板相接，果然在某處為這些設置留出了通口。學校像備戰一樣佈置出密不通風的防線，不料在這以為學生不會上來的頂樓的一個角縫裡失防。日本電影《怪譚》中有一位少年僧人，老和尚為了協助他抵抗夜魔的騷擾，替他全身皮膚都寫上辟邪的經文，卻漏了一隻耳朵，後來小和尚性命是保住了，這隻耳朵卻被夜魔血淋淋地撕扯了去。

設想跳樓的醫預科學生，在這層樓面上尋找了多久？徘徊了多少次？考慮了猶豫了多久呢？然後在那一晚，他再摸索到只亮著一兩盞夜燈的這一層樓面，最後一次站在已先勘定好的這玻璃高牆之間的幾乎看不見的空隙前。

午夜的鐘聲響了，十二音一一敲過，一聲聲催促。跳下，跳下罷，圖形變成了手，從地面高高聳起了邀請。

塑膠玻璃很厚，蒙積著灰塵，只見身體的輪廓在玻璃上模糊的移動，舉手投足之間晃生出重重疊疊的魅影。從縫隙往下看，大廳給日光燈照得慘白通明，天井地面的圖案愈發像疊矗的幽谷，迷離的陣式，向上發出蠱惑的誘力，召喚著，來罷，下來罷。可憐的醫預科學生，這時他得面對的，除了是往地面奔去的衝動以外，還有從地面迎來的熱烈的呼喚呢。那麼，他是面對著雙重誘惑，淪陷在雙重掙扎中了。在他佇立在這空隙前，尚未跳下之前，他一定像徘徊在地獄的斷崖邊一樣地辛苦。對旁觀者來說終局固然驚駭，然而對他，那一路糾纏不休的猶豫不決的，令他無比惶恐的心境，終局前與它的最後的搏鬥，是否還是更可怕的呢？

一個不見底的峽谷，一聲抖顫的叫喊，在嚮導往谷底下沉的瞬間，在突兀，緊張，快速，絕望的時刻，什麼事情閃過他的眼前？什麼記憶進入他的腦際？是二十餘歲的一生？某次難忘的發生？某種歡欣某種遺憾，親愛的人憎恨的人？或者其實什麼想法、念頭都沒有的，只有空氣刷過顏面，刷過耳際，在高速中下降，身體墜落的快感？

也許是看出了我的恍惚，我的助教不聽話起來。系裡一向只有我把助教名額優惠給台灣留學生，這時我的幫手Y正是一位台北某大學畢業現在改念心理學的研究生。一次考試需要辨認亞洲版圖，學生們把台灣認進了中國，不料她反應激烈，考題全部算錯，嚴厲扣分。關於獨、統問題，其實這些在本科方面都很專心，其他事務則一概漠然的二、三代華裔學生是不理的，非華裔學生恐怕興趣還多些呢，但是為此事而被扣分，則人人抗爭。我在課堂上大略解釋了一下，仍把分數加了回去。Y助教很是不滿，擺出了立場態度，作事有意怠惰，加以督促之後自然是更令她不爽。一天系主任突然跟我說Y小姐向校方遞出了我「精神虐待」的訴狀——頗為實學實用呢。這是嚴重的指責，無論真假都得調查，系主任很關心，我卻覺得無趣極了。好在一位與台灣無關的同事相助，跟我對調了助教，可大可小的一件事也就不了了之。氣忿時不免也會想，這樣的人竟要當心理醫生，心理界真該慶幸了！然而我自己這邊，事實卻是，縱然費了力氣，仍舊無法驅除索然的感覺，要說這種感覺是由一個不懂事的助教所引起，不如說是自己心中某些東西已經發生了危險的動搖。

不巧又有了另一件麻煩。大考時一位作弊的學生受到了同學的檢舉，平常遇這種事我大約都是睜一眼閉一眼，私下警告了事的，檢舉卻使我不得不照章處置，惱怒的前者竟一起威脅起老師和揭發的同學來，弄得校警出現在辦公室。也是件不值得費心的事，卻叫人愈發地覺得沒趣。久在學院工作的我一向認為人在二十五歲以前都是純潔善良的，這種天真幼稚的想法非得修正不可。或許是索漠的心情終究起了作用，我開始不能集中精神，課程準備得掉東落西，課堂上有時突然腦中一片空白，接不上話，學生覺出了情況。這所城市名大學的學生們個個都聰明極了，大家安靜地坐在椅上，同情地望著我，等我說下去。諸如此類的情況究竟不能一再發生，幾次後學生自然也不耐，於是手機、電腦等都明用了起來，聊天、吃東西都不顧，哪管你老師台前接得下去接不下去了。

一片荒瘠的岩漠，一聲無聲的叫喊徹響黑暗的淵谷，一個身軀下沉，下沉，沉到沉重的夢裡；影像卡在放演機的齒輪間，固執地拒絕前移，和那日一樣清晰，是的，在記憶的底片上某些圖影已經蝕印成定格，變成了白日和夜晚都揮不去的夢魘。

五、荒原

周圍人的眼光露出了狐疑，同事們顯出了非平常的關心，等到朋友們開始有意迴避，電話裡的原本的熱絡露出了敷衍的口吻時，我跟自己說，尋求外在助力的時候到了。這是我第一次接觸心理治療，本以為專業約談一陣就能雲消霧散，光明就可到來，殊不知這將是一段漫長的過程，其中有著不少陷阱和險境，也將遇到許多奇人和異事，直可說是某一種奧德賽了。

第一位H醫師從台灣來，背景頗類同，又是女子，想必是比較能溝通的，我滿懷希望，旅程開始。

你走過一小片綠殷殷的草地，來到豪宅後面如童話般的一間獨立的小屋，就是診室了；H醫師在家中開業。一張巨大的桌子迎門而來，桌後坐著的正是卷髮垂肩，相貌秀雅的女醫師。我先報告姓名。「請坐。」女醫師說。門旁有張比較近她的椅子，我正要坐下，「不對，不對，」醫師連忙給以指示，「你坐到那頭去。」原來那頭沒有靠背的依牆的長椅才是病人該坐的，長度顯然是為可能不只一位來人而備，不過你就必須挺背危坐了。女醫師戴上眼鏡，拿起筆，翻開記事本，非常專業的樣子，「有什麼問題嗎？」她問。偌大的桌面除了筆和紙以外，只放了一隻特別細瘦的玻璃瓶，瓶裡有一小束刺芒似的花。也許是從這頭看過去的角度，也許是保養得太光淨了，木質桌面發出了一整片如鋼鐵切面一般銳利的反光，我這才發覺，原來玻璃瓶內的芒花正是鐵質的，劍葉是尖銳的薄鐵片，穗的部份是絞扭的鐵絲，而屋中其他一一設置也無不是金屬製造或以金屬性為表現，不免暗自為這女性的鐵的意志而奇。第一次見面，不過是填保單、留檔存案等，時間很快就到了。

第二次再來到小屋，當是自動走到應坐的位置。只是對談時間，無論怎樣暗自移動坐姿，也不能迴避冷冷射來的巨桌的鐵光。為光所困，不免忽略了問話，時時支吾不能答。醫師皺起了描畫工整的眉頭，「這個屋子裡的時間不是沒有限制的。」她說，訓誡起振作自救才能他救的必要性，在一個節落開始訴說自己如何戰勝了關節炎的痛苦經過，我想她是要起用自身經驗來鼓勵我罷。她站起來，繞過桌子走到我跟前，突然對我伸出雙手；手指扭結得像樹根，手面蒼老和粗皺的程度像是久旱的黃土地面，高雅的面容竟有著這樣荒瘠的手！一瞬間這雙手突然充滿了豐富的人生喻意，發揮了無窮的教育作用，我慚愧得忘記了自己的問題，心中湧出同情尊敬和感激。

而巨桌的祕密也在一個偶然中發現了，是我向它走去準備付費時，這時已坐回桌後的醫師不悅地高聲阻止，「別過來！」我吃了一驚，不明就理，止住了腳步，就在這時不經意地乍見了桌子後頭的世界：從她的椅角延伸到牆角，無數的紙團、塑膠袋、購物袋，還有其他各種各樣的垃圾堆得滿滿的，堆到淹沒了她的腳踝。啊，巨桌的必要性明白了。

第二位W醫生也是女醫生，從中國來——我實在是毫無根據地只相信本族人和女醫生——喜歡放鄧麗君的唱碟，穿緊腰的黑色連身裙，披著又黑又長的頭髮，倒真有幾分女歌星的蠱惑的媚力。女醫師不愛準時，不為不準時道歉。第一次見面，幾句話後，甩了甩到腰的長髮，「好了，知道了，你得吃藥。」我深知自己的問題發生在哪一塊偏角上，不是藥物能解決的，便說：「我們先談話好嗎？」「不行，談話只會浪費時間，你必須吃藥，而且我明天就要去渡假了，兩個星期後才會回來。」醫師說。「那麼病人怎麼辦呢？」我問。「一點問題都沒有，我的病人都用藥物控制得很好。」她說。我的眼前突然浮現了《二〇〇一》電影裡，那些裡邊裝著沉睡的要運送到宇宙去再活過來的人的大盒子，整齊地排列在太空艙裡，一位黑髮黑衣的女醫師扭動著美麗的蛇腰，一手拿著藥匙，一手一一打開盒子，把一勺勺藥丸灌進每人口中。

兩個星期後我如約再來診室，這一棟位在商業區的樓房本有一塊「心理治療所」的牌子，後已換為「行為科學研究中心」。樓內有很多執業醫生，都是行為科學也就是心理專家，而W醫生是其中唯一的華裔女醫師，可見她不凡的成就。仍不願接受藥物治療的病人卻使她很懊惱。「我無法幫助你，」她正色地說，把鄧麗君關了，「請你找別的醫師罷。」那柔美溫婉又帶著哀傷的細細的背景歌聲一旦消失，室內突然陷入一片沉寂；門窗是緊關的，聽不見外頭的市聲，白色的牆壁發著不同情的冷光，對方眈眈的眼神裡有一種威勢和脅逼；對這突來的遺棄你必須做出反應——

我忘記了是怎樣自己開了門，怎樣走過了大廳，直到看見對面那頭出現了依門而立的黑髮黑衣女醫師，我才發現自己竟是站在了大廳這一頭的牆邊角。

「回來這裡！」W醫師壓著嗓子，「這是辦公室，你不要惹出笑話來！」僵持著，見我沒動，她走進隔壁的房間。現在只有我一人站在大廳，每一扇關著的門前有一張空椅子，密封的牆上掛著梵谷的複製品，在全然的空靜中柏樹和鳶尾病狂又絕望地旋捲著。女醫師再現時，身旁陪同了隔壁辦公室的同事，卻是一臉還未見過的甜美笑容，親切地向我招手，「你過來，沒事的。」心理醫生常常誤認病人都是癡顛、傻瓜、笨蛋，殊不知後者是思緒非常清楚，比自己平時甚至比平常人都還更靈敏清楚的。我對W醫師的突發的甜美大為懷疑，突然想起只要有兩位心理醫生會診同意後便可將人強行送入精神病院的法律條文——要是你也在作心理治療，千萬要記住這一條文。——慶幸的是，我一向把背包背在身上，現在車匙在袋中。沒有考慮的時間了，我向大廳出口奔去，奔進停車場，坐入車中，不能再快地啟動了引擎。危險並沒有完全過去；到家鞋還在腳上電話鈴就響了，W醫生打來，出奇和悅地問我是否安全抵達，叮囑我留在家中好好休息別出去。直覺告訴我情況詭異——女醫師有我的地址。我把車停去另一個街口——從這裡你可以望過去巷子——從這別人不知的地點，如同旁觀一個毫不相干的陌生人的故事，靜等巷內自己的命運展開。不久，果然一輛警車閃著刺目的紅燈開進了巷子，停在家門前——

那一天近夜時分，如果被W醫師扣留在診所，如果在家中應了警察的門，現在我也許還在某一杜鵑窩中像太空人一樣被餵著藥丸，就不能在這裡告訴你這一個驚險又有趣的故事了。

R醫生是朋友的朋友，有個地下室的診所，一個黯淡鬱悶的地方，尤其在晚上。封閉的黯室只開了近門的一盞光度很低的檯燈，螢螢豆光把屋裡照得像地窖一般。

我不明白為什麼要把一個處理心理治療的診所打點成中古牢房般的這種樣子，難道有意佈置成私刑房來恐嚇病人也是一種治療法不成？而R醫生除了第一天頗為友善地款款而談以外，以後卻使用了與眾不同的療程。

接下來和R醫師見面的情況每一次都是這樣的——

醫生坐在完全沒有光照的那頭，黑暗中一個身影靜穆得像哲學家還是修道士——原來他的確是從教士轉業為心理醫生的——低著頭，整個人沉沒在影裡，應該是在傾聽吧，然而一動也不動的姿勢好一陣子了，卻也讓人懷疑是否已經打起了瞌睡。「這件事怎麼對付呢？」我問。「嗯，這件事——」他咕噥的應著，在影中似乎抬起了頭，停頓——果然是在瞌睡呢。「是的，這個問題怎麼處理，請告訴我。」我再說一次。「嗯，是的，這個問題怎麼處理。」他重複同樣的一句話，像是在思索，還是回問我。於是我再說，「是的，請指點，這個問題該怎麼辦。」「嗯，這個問題該怎麼辦呢？」他也又重複了一次，像是自言自語自問，真是高深莫測。如果我停住話，就是很長很長的沉默了，直到我再說一句什麼，對話就再用前面的方式重新再來一遍。一分鐘好幾元的寶貴的時間就在這一再的自白、獨白、旁白和無言中過去，好像在寫現代主義小說一樣。所謂治療的對談沮悶至極，地窖現在變成了壓力鍋，壓力不斷上昇，出氣孔卻被堵住了，人再待下去，如果不是變成《地下室手記》還是《狂人日記》裡的瘋子，恐怖份子的舉止就要發生了。我站起來，拿起外衣。「請坐下，還有五分鐘。」他說。「沒有再談下去的必要了。」我說。「你生氣了嗎？很好，有進步。」他說，終於有了一句新的句子。R醫師堅持我必須一個星期看他一次，甚至應該加到兩次。我不再去診所，不願再約時間。R醫生開始打電話來，每每善意地寒暄問好。我正感謝他的關心時，不料保險公司送來警告，全年的心理治療許可費在超短的時間內被R醫生用罄了，而不到三、兩分鐘的每一記電話，包括我沒接到的，都列為正式約談，暴取了高額費用。保險公司逼迫R醫生退還了數千美元。後來介紹的朋友告訴我，那時R醫師正在週轉購買另一座濱海別墅所需要的首期房款。

還留有一點保險費所以我可以再看M醫生，這是回到故鄉，在某城逗留的時候。這位可是本地心理學界的名醫，每日掛號都達百名以上（這不是個快樂的城市嗎？）必須格外費勁才能獲得一見呢。果然門診室前坐滿候診的人，掛號以後可以去吃個早飯再逛一圈公園回來仍舊是門口坐著滿滿的人，黃昏時分景觀才略見輕鬆，也是關門的時候了。

M醫生個子瘦小，說話有L和R不分的本地音，穿著雪白的制服，身邊坐著一位也一身雪白制服的妙齡女護士。前一病人尚在，後一病人就叫進來了，於是你就可以知道前者出了什麼荒唐的毛病，而五分鐘後，你的什麼荒唐的毛病也被下一位所知。因此我不得不建議你，如果居住此城的你也去名醫處，最好留心掛號前後有無熟人。人出出進進診室內的倉促忙碌可想而知，心理診所慣有的鬱悶倒是一掃而空，為耳鼻喉科還是小兒科、婦科般的熱鬧氣氛所取代。我還沒坐穩，醫生一邊說一邊寫一邊就開起了藥方。好罷，我對自己說，沒有其他選擇了，長期不見改善情況已使人焦急，現在既然名醫保證，或能出現轉機也說不定，就試試看罷。名醫交給我一張寫得很是豐滿的藥單，一邊叮囑，「按時、按份量吃藥，不可更動，一個月就好。」這樣充滿自信的許諾，一線藍天從烏雲後綻出了。於是遵照指示，每天將一手掌的藥丸吞下去，一天不到便在走路的時候都打起盹來。我報告了不理想的情況，名醫二話不說，即刻開出另一藥方，「改吃這幾種，不可改變份量，兩個禮拜就不同。」一甬道盡頭的光明更接近了。然而副作用一樣多，我便自己把藥量減了一半，再見面時，老實向醫師報告了自行減藥的行為，希望醫師諒解同情，或許能推薦其他什麼補助方法，例如氣功瑜伽冥想等？等待著責備的時間，名醫從英文書寫中抬起頭，露出笑容，說出了一句話：「難怪你今天看起來比較好！」

後來一位藥劑師老朋友告訴我，一天十多顆的那些藥丸一半以上都是安眠藥，其中某種尚未通過檢驗，在別的國家是禁用的。至今M醫師的名醫地位和盛譽從未動搖或削減過，而我至今也還迷惑在那一句話的邏輯中。

還有很多有趣的故事都可以再說下去，然而告訴你幾件代表性的想必已足夠。也許你要問我，難道世界上就沒有訓練及格又有善心耐心的心理治療師了嗎？自然是應該有的，如果你遇到了那麼就請你快快告訴我，要不就再穿上鐵鞋繼續尋找罷。

多番的接觸和田野體驗，倒是使我明白了，人的正常和不正常之間的確不過是一識之別，一線之距，一掌之隔了。常識中的正常未必正常，不正常未必不正常。而在「行為科學」的診所內，又未必還有一線之隔的；病人坐在醫師的對面，往往弄不清到底是這邊還是那邊的問題更多，究竟誰在聆聽誰，誰在被治療呢。我也明白了，原來這樣只須在言語上敷衍搪塞打謊了事，而藥物發達後，連口都無須動用，沒有醫療風險又能坐收高酬的心理醫師的職業，真是世界上最理想不過的職業了。在所有的醫生行業中，心理醫生的虛妄性大約是最大的，大到了使醫師身上那件為社會敬慕的專業衣服幾幾都成為了皇帝的新衣了。

所謂治療不是全然無濟於事，就是火上加油，只讓人愈發覺得挫折。我決定暫停工作，在還沒有發展到不可收拾的地步以前，自己再嘗試從膠著狀態中走出。

奧德賽的歷程賴文學家把它蛻變成神話和傳奇的沃土，產生了充滿了啟示的驚喜，尤里西斯真正經歷的自然是史前地理環境的艱苦，大戰以後的人世的洪荒，生命擺渡在極端的辛楚。流浪在精神統合失序的疆域，就是走在沒有邊際的寥海、沙漠、荒原，而尋找鎮神收心法式的歸鄉的歷程，縱然性質、規模各有不同，於每一個實際的例子，是的，於每一個人，都是孤寂，荒瘠，又茫然的。

六、季節交換的時候

告別年輕的夫妻，離開村舍後，我們直接上山，向海拔三千米的保護站開去，與攝影隊會合。

山路綰轉，新開的路面比以前寬，忽上忽下的顛與陡都不減，導陪阿里兼司機，雙手掌控方向盤，口中嚼著據說是可以提神保暖的叫做貝利的葉子，一副輕鬆的樣子，身為皇家警員的他身手想必矯捷不凡的。阿里人很純樸直率，總露著可愛的笑容，身上一件衣服也很是好看，赭黃和赭紅條紋的織布，前襟對開，寬鬆地繫上腰帶，古老的服裝有了現代的瀟灑模樣，胸前還繫出一個包括貝利葉都塞在裡頭的大兜袋，只是露出膝蓋的部份讓人覺得有點涼。

迎面皆是綠，就是在秋冬交換的這時。竹叢是翠綠色，蒼綠色的松柏掛著淺綠色的苔蘚，垂懸著水綠色的透亮的松蘿。盆地深處是墨綠色，幾處村落散置，屋頂鋪滿了紅辣椒，裊裊昇起一兩簇白色的炊煙。遼闊的田野則是蒼綠色，夏稻早已收割，冬麥正等著鶴至而降福大地以後就能播下種子。望向緲遙的天際，灰綠色的遠岫飄著如畫的流雲，襯擁在這些綠色中的雪峰愈見得明淨秀麗。

一個急轉彎，再加一個急轉彎，突有小片平地開展，保護站在望了。

攝影隊已整裝待發，只等我到。從保護站到藏經窟又有海拔千多米的攀行，車程近兩小時，崖底的一段還得徒步。時間花在路上很可惜，隊員們覺得不如到了地點以後紮營留宿，車和我可再回保護站。不過三兩天而已，只要每天為他們帶來新鮮又豐富的食品即可。大家商議一陣也覺得可行，就這麼決定了。紀錄片專修生們向來都是搶時間爭情況的敢死隊，天不怕地不怕的，我們把各種裝備放進車廂後，就向藏經窟繼續進發。

看來好像總在眼前，左轉右轉而不能抵達，實際上自然是不近的；一個個黑洞打在峻高的峭壁上，峭壁是臉，洞窟是祈願的黑眼睛，眼睛望穿千百年，瞳裡的虔誠千百年不減。通往啟迪的道路是這麼地遙長艱難又孤單，是怎樣的心與身的意願，竟把人驅使進絕壁的洞穴，執行歷時三年三月三星期又三天的辛苦歷程呢？能從自覺而達到昇華的人，世界上大約只有一位釋迦羆，芸芸眾生莫不需要借助這種勞苦筋骨的外在動作才能處理問題的。

峽谷的對面，巍嶺的頂端，聳立在迢遙又虛幻的天空中，啊，是的，金閣，如期的出現了；一陣寬鬆在心中油然而生，如同遙見了久違的老友。

金色的屋檐熠熠在荒瘠的嶺岩中，像是礦脈閃出了一簇金源，聳立在絕壁上的寺院，該是一座最接近天庭的人間建築罷。千多年以前，是誰，如此具有工程學上的魔技，和堅韌的意志，克服不能想像的艱難，在海拔近六千米的峭壁，建立起了這座如夢似幻的華閣呢？

寺院建成時間被斷代為至少不晚於第八世紀，主要是根據了一則傳說——

據稱八世紀不丹的畢耶托那王子聰穎善良文武雙全，是父王最中意的繼承人，不料他和釋迦一樣為見識人間虛苦而放棄了榮華富貴，不顧艱辛地跋涉到這座寺院冥修。妖魔知道他一人在此，乘機連番來騷擾。王子日夜與魔搏鬥，如果失敗，不但他自己會被摧毀，大難也會降臨於人民。武功精當的王子奮勇迎戰，然而一人怎能抵得過眾魔的聯攻呢？王子節節敗陣退入只有一席之地的金閣頂，全民陷入萬分的恐懼中。王子站在頂上向天發出絕望的吶喊，聲震宇宙，霎時雷鳴隆隆烏雲密涌，天空爆裂開，閃下一把寶劍。王子接劍在手和眾魔繼續奮戰，終於獲得了最後的勝利。後來在萬民的期待下繼承王位，就是不丹歷史上著名的賢政愛民的佗那王了。

工程師和賢明王子，經由二位不凡的人物，神話和現實兩次在這裡完成了完美的會合。

峭壁下找平地不容易，立基紮營也不容易，第一天的時間就這麼用去了。第二天突然來了一批氣勢洶洶的年青人。毛派游擊隊員果真出現了嗎？似乎不是，游擊隊員應是武裝的，這些穿牛仔褲的年青人兩手空著，而且一上來就大聲吵嚷——游擊隊員怎會有吵架的工夫呢，原來是一群不知從哪兒得到消息，急趕來干涉的學生們。

在地學生們的要求是，經卷屬於民族資產，必須原封留在窟中，別想動指。

外來者的回應是：讓文物自生自滅不如加以維護，何況這終究是要全數交給首都圖書館，沒有經濟意圖，沒有攜出國境的意思的，清楚寫定的條文已經與有關方面簽定了。

那麼，一位嘴上有細細的髫鬚，也是雙顴紅彤彤的學生揚聲說，經卷取出後必須交與他們，由他們經手，在他們監督下進行工作。

上課的時間不好好在教室念書，倒來這裡找麻煩的！這麼想著卻不敢亂說話；左派學生都以正義的捍衛者自許，就像七十年代的保釣學生們一樣。而出自國族、民族等意識的熱情也類同，有必要和外來干預者劃清界線勢不兩立的，曾介入學運的我，懂得學生們的想法，只是不料此時此地經驗了身份的對調。

就是普通常識也能明白，十二世紀的文件，或者任何時期的文件，怎能胡亂交給什麼人的呢？更還有安全送抵圖書館的承諾，萬一缺損了遺失了，不能完成任務，豈不真變成古物盜竊嫌疑犯了嗎？常在媒體上看到的文物事件，竟是要讓它寫實發生在這裡嗎？

事情必須釋明且堅持，免得真鬧出事端來。

進步思想不容置疑，怎麼說也說不攏，無法達成協議，寶貴的時間不斷過去了。某個節眼上有人提議，那麼付押金怎麼樣呢？倒是一個主意。可是，純潔的左派學生怎會接受金錢的誘惑呢？不要弄惱了他們反而壞事。這麼擔心的時候，想不到對方自己停住了口舌，表示可以考慮，幾個人避至一邊，圍頭舉行起臨時行動會議來。

金額設在美金五千元，價目並不高，至少可以處理，立刻達成協議；左派學生還是可愛的。這一段的爭議總算解決了，接下來還有怎麼阻止二位特陪上報的頭疼呢。

約定明早交款，但是又有了新要求，必須公開付款，並且將帶公關人員來拍攝紀錄影片，訴之媒體公證。媒體是不能惹的。可是，事情發展到這一步，時間上已不容耽擱。以後要出事就再說罷，我想情況再糟，繪卷一旦送達圖書館，驗收完整，各方面應該都會諒解的罷。

條件一一都接受了，前邊提到的額外帶來的旅行盤纏全數有了用途。第二天像警探片一樣攔款依時等候。

早晨過去了，上午過去了，不見人。以前釣運期間晚上不是排話劇就是趕戰報，總弄到凌晨，早上是起不來的，激進學生的這種作息並不奇怪；繼續等罷。

眼看中午也要過去了，發生了變局嗎？日照不長，時間寶貴，何況趁他們不在場，不正是行動的理想時機？既然事情已因押金的因子介入而從政治性轉變成經濟性，想必一切都好說的了。

隊員來前都受過攀岩訓練，現在是實踐的時候。兩人上去，兩人在下緊扯住繩索接應，進入窟內後再把器材用具等吊上去。壁畫需要仔細存影，圖卷包捆後吊下來，再一一送去車廂。分工合作急迫又緊張，要是學生們出現又有新思想新情節，那麼就放下工作改去寫探險小說罷。

毛派學生沒有再現身，想必革命小將們另有了更重要的任務了。日落前圖卷都裝運完好。

視線渾暗，山路的面相陰沉起來，但是下坡的路已經不能往後退，只有前進和前進。

車外沒有路肩，緊接就是陡壁了。底下河水已經變成烏黑色，巨龍一般在峽谷裡蜿蜒，龍身撞擊著岩壁，發出轟轟的響聲。

一個傾斜，一個失去重心，一塊岩石滑落，就像那嚮導一樣一失腳，整輛車就會驟然改變方向，奔去鬱黯的峽谷。無論曾經怎樣費心經營的人物和事物，就會全數消滅不見，從有變成無。人間最悲傷的事，莫過於每一事每一物每一件，無不在每分每秒中，無法挽回地變成為過去。

峽谷幽黯詭異，夜霧如幻似夢地從看不見的底層昇起，像勾魂的手臂。來罷，下來罷；那醫預科學生在十二樓的樓面徘徊遲疑，努力要擺脫的，是否也是一種對生命的進行感到惶然而無法持續的感覺？他是否被這種感覺糾纏到了一種程度，就是落入天井的巨大的恐怖也無法遏止他？一種內在的惶懼，使得他無所選擇，只有用外在身體投向那巨大的恐怖，借助後者的能量，以便在一個瞬間，由一個暴烈的撞擊，一聲巨響，血肉崩裂，獲得與世界的均衡而和解？終於鐵了心腸的那時，他是否同時也感到了捨棄的舒快呢？他在空中下墜的數秒內，身和心是否都是反而寬敞的？那麼，他和苦行僧的行動雖然不一樣，所追求的終局效果是否其實相去並不遠呢？而那來自深淵的勢力，就像前者所執意追求和累積的艱苦，卻也正是拯救他的力量？

當嚮導的妻子木然地坐在車後座，像剪紙一樣肅靜在鬱暗的晚空前，新婚的她驟然失去相愛的人，失去昨夜還暖在身邊的身體，她在默默咀嚼的，與之搏鬥的，是否也是因驟變而生的比悲傷還更具有摧毀力的慌張和恐懼？在人的所有的感覺中，是否對時間與空間的惶懼才是最可怕的呢？

是的，正在你覺得美滿幸福時，災難可能就伺候在角落，像這輛車一樣，每一個下一刻，都可以以數秒時間劃過數千米高度的速度，向虛無拋去。

那麼，無是什麼，有是什麼？這隨宇宙創始第一天就出現的問題，就算是經過了千古時空，就算是經由多少思想家、宗教家、文學家等追究得怎樣的透徹精闢，從未減輕過它一分爪力，到今天依舊是不讓任何一人逃過地緊緊地攫握著的。

三島由紀夫在《金閣寺》中寫一位年青的沙彌，迷戀金閣寺到癲狂的程度，最後放火燒了它。沙彌非把金閣燒了不可的，他不燒金閣，就得燒自己；要使自己活著，保持著有，沒有別的選擇，就得讓它變成無。小說家設計故事，讓人物由摧毀世界而拯救自己，現實生活裡卻沒有筆下人物聰明，倒是把自己摧毀了。三島裂著肚腸等待背後學生砍下頭顱以完成剖腹程序的那瞬間，他感到的是什麼？是愛國主義？武士道精神？還是在決定決裂後油然而生的正相反的釋然，結局的輕鬆，無的痛快？在那一瞬間，他是浮動在怎樣神祕的經驗中，經由莊嚴或荒謬的儀式，把自己蛻變成神話、傳奇？

松葉覺得《金閣寺》寫得很好，可是更喜歡谷崎的《春琴操》。

黃昏，日與夜交會，時間隱藏立場，採取中立，把世界推入二元，把美麗或醜陋的選擇交在你的手中，尋找慰藉或啟動惶恐全由你自己決定。空間只是助長著懸疑和詭譎。三年前那一聲振動山谷的喊叫已經化為這時的殷切的呼喚，來罷，下來罷，這裡是寧靜的所在。

「不用緊張，有我。」阿里安慰大家，從胸兜裡拿出葉子放進口裡，仍舊光著膝蓋，一脈無事的樣子。

是的，好在世界是由阿里這樣的人，而非小說家、醫預科學生，或心理學家擔待，而阿里總又能讓樹葉來拯救。

遙隔峽谷，那邊的迢迢天際，或前或後時隱時現，有一塊金色的屋頂不捨棄地守望著，指引著對危機的警覺和反應，送來光的承諾。

你們會安全抵達，你們會安全抵達的。

七、如畫的山川

濕地面積減少使黑頸鶴食物短缺，引發與人類的生存競爭。繁殖率低，同窩生的幼鶴常互殘到僅存一隻。幼鳥必須生長快速，如果不在十月前學會飛行，就無法越冬存活。外在和自身的雙重原因造成了黑頸鶴的生存危機，變成了幾乎活不下去的一級瀕危動物。

關於鶴的傳說，由保護站的生態科學家們來解釋，並不稀奇；因為鳥遇高空氣流，昏頭打轉起來，於是有了妙曼的舞蹈；高崗上唯有一座獨立的屋簷，所以選擇為地標；而這種鶴的膽子特別小，一定要在空中盤旋老半天，弄清了情況，認為安全了才敢降落，於是就變成了翺翔的美麗景象。至於每年是否一定會在同一天飛來，那就要看你的運氣了。

徑路已經消失，底層也都坍陷，沒有人去金頂寺了，保護站人員說。但是這邊嶺上有觀台，往上去只需一個多小時，站內備有馬匹。攝影隊員們聽了都躍躍欲試，自然除我以外。

「你可以走去，」保護站人員好心告訴我，「凡去看鶴，徒步才有福氣。」與金閣竟有了朝夕兩相互望的機會，不就已是福氣麼？文學繪畫等常寫人與自然相處而共歡，於人類這邊，確實如此。

喜馬拉雅山脈是亞洲河流的發源地，帕吉卡的群峰終年覆蓋著皚皚白雪，中部河谷地區在初冬的這時仍然蔥蘢而秀潤。溪聲潺潺，水霧漂流。留戀在松柏枝椏間的凌晨依舊是夢的世界，自然和人類都未醒。可是很快太陽就從雪崗的背後爬了上來，綿延的陰嶺就像節慶一樣地一座一座亮起來，你還沒察覺的時際，陰鬱就已退出了場地了。

夾徑是草木禽蟲的天地；到處是不落葉的杜鵑；天竹掛著串串櫻紅的果子；冷天開的番紅花抽出嬌嫩的水紫色花瓣和橘紅色的花蕊；偶然幽幽在樹叢中藏著白色的山茶；荼蘼依舊纏綿，這總是倔強地開到花事終了的帶刺垂藤花。鳥在枝葉間穿梭，紅頸的山椒、青背的山雀，釉亮的烏鴉是國鳥，灰頸白身的鶺鴒、翠綠的繡眼、伯勞和八哥，真像台灣羽鶇的不知名的藍鳥，蒼鶻停在高枝上，白鷺飛在近水邊。據說這兒也是金絲猿出沒的地方呢。山中沒有人類的喧囂，到處是蟲鳥的啁鳴，眾聲中若是亮出清脆婉轉的高音，就是夜鶯還留在哪兒呼唱了。

站在斜出的台地上，視線變得遙遠又悠長，世界變得遼闊又空曠；大雁排成長長的人字形，在澈亮的藍空長鳴，領頭的一隻飛得特別有勁。

據說鶴的到來往往在清晨，見到天空逐漸積累出美麗的雲朵，就是造訪的前訊，若再傳來嘹亮的鳴聲，那麼凌空而至就是即刻了。

體是雪白色，翼尾的部份從灰漸次轉為黑，黑色的腳和頸；白、灰、黑三色明淨地變化著層次，頂冠一撮艷紅點出耀目的端麗。別去聽生態專家的話，還是讓我們回到傳說吧——聽說牠們常形成一連數十甚至數百隻的隊伍，從遙遠的晴空長長地迤邐而來，保持著井然的秩序，在高遠的藍底以水墨畫的筆觸列出人字或V字形——V，不是勝利的字形麼？——輕柔地曳動著飛行的姿勢，那種景象，啊，只有用壯麗二字才能形容。

接近目標的時候，牠們會減低高度，改變隊形而周匝盤桓，伸出收著的雙腳，高舉巨大的雙翼，緩緩下降，以天使般的美妙體態和精確的定點能力，著陸人間。

午時日陽正照，宇宙亮堂堂，傲坐海拔六千米，金色的檐頂輝煌。

黃昏時峽谷昇出一片反光，把山川映得嫵媚剔透，凡是遠岫、峰嶺、峭壁、谷壑、溪川等等，自然界的全體組成元素都在奇妙的迴光裡歡欣鼓舞，這時候，只有在壁畫裡才能見的絢麗燦爛的景觀就成了盈目的真實。是的，這是現實和非現實攜手運作的時間，兩相護持共赴盛舉，畢竟要把世界領進傳奇。

受到陽光撫照了一天的金頂，這時變成一撮光源，一簇峰火，一朵篝火，莊嚴又綺麗，蕭肅也安慰。就算是最後的一朵火罷，就算是最後一朵火的最後燃燒，就算是黑夜將吞噬大地，全世界都將淪陷或早就淪陷了，也不會放棄對美德的執守，在晦黯中倔然地燃點著。

八、鶴至

保護站內一片沉寂。酥油燈的火苗兀自顫動，熠閃在繪卷上，泛黃的絹布在燈下便發出了人膚一樣的瑩瑩光澤。

多少個世紀過去了，也不見損失精彩。若和中國古典繪畫，尤其是文人水墨的高度自律相比，這裡顏色可用得真大膽；正黃、朱紅、赭紅、翠綠、碧藍、艷紫，都是純粹而強烈的原色。而且也不管呈現上要收斂——豐腴的肉體，妖窕的眉目，誇張的身姿，挑逗的動作，公然的性行為，都是明陳了慾望，坦白地宣露感覺，享用著感官的感受。

設想畫者是如何跋涉到峻壁的所在，如何攀入暗到不見五指的荒涼的洞窟裡，天地間只有一個人，身邊只有一盞燈，日日夜夜只是畫著又畫著，是怎樣懍然的決心和堅持，驅使他這樣辛苦地執行工作呢？把癡想和慾望全部畫出來，用熱情甚至於縱情的風格來追求性靈的寧靜空淨，從繁華到肅穆、喧囂到安靜、放肆到謙卑、執著到捨棄，從有到無，實到空，用入世的手法來達到出世的目的，這荒瘠的洞穴豈不是變成了善惡決鬥的場地，而一場接一場在肅穆中進行的豈不都是喧騰的血戰？

每筆每色底下都埋伏著色相和慾望，處處皆是誘惑和陷阱。古典中國畫家的課業執行在下筆前，修身養性寓情的功夫事先把墮落的因子一一去除，險局一一化解，落筆往往已是清明景象，這裡卻是把世界的建構全體都列出，戰鬥的時態卻是此刻而當下的；如果文人畫爭取澹淡的境界，這裡則是行動的疆域，唯一的武器是對自己的信任，對人性的肯定，而一個失誤，於中國藝術家莫非是退隱遁逸，這裡卻是失身墮入深淵，要粉身碎骨，萬劫不復的。倉央嘉措不就是個例子嗎？據說成為六世達賴喇嘛以後的他放縱依舊，結果不到二十五歲就在赴康熙皇帝邀請的路上被暗殺了。不過也有人說，實在發生的卻是，當他明白自己身處警危，且將禍及他人時，索性就選擇了半途自行消失，後來成為喜馬拉雅山、峨眉山、五台山、甘肅、青海等地講經解法無比動人的流浪僧人，皈化了無數人眾，到底是完滿圓寂而終的。

藏畫裡常有曼陀羅的圓形，全圖只有一個圓，或是畫面的某處有個或幾個圓，把圓形經營得這麼透徹，是其他藝術中少見的。曼陀羅圓代表了內外的完整宇宙，隱喻了「萬象森列」，「圓融有序」，「輪圓具足」等。把時空及生命的各種元素和現象，把數不清的思想和幻想，智慧和祕密，數不清的祈願和癡夢，都羅列在這裡，凝聚成一個完整的圓形建構，如果枯木竹石是中國文人畫的極致境界，繁華美艷的曼陀羅就是藏教藝術中的完滿圖象了，而依持曼陀羅專心修煉，融通的終結則可以期待。

但是這圓看久了也真有點像迷魂陣呢。你看那一格格纏接的勢力不也是峻嶺峽谷，迴旋的圖形不也是走不出的迷宮，危機四伏的陣地？不是有很多人認為曼陀羅能開啟幻徑，用它來進行冥想靈動等神祕的活動嗎？鎮神和失魂，天堂和地獄，墮落昇華同時可能，這二元對立的現象似乎總要出現在藏畫中；蓮花生、護法神、羅漢等的造型不是可愛又可怕，迷人又嚇人？而《法華經》裡記錄的佛說法時自天落下的曼陀羅花，莫非也有類似的性能？同一名稱的漏斗型大花，從正面看，如火焰的花瓣舞旋成圓，是宗教上的聖花，也是從葉、莖、花到果實全都含毒的植物，具有鬆弛肌肉、舒緩神經、忘憂止痛等療效——據說精於麻醉的三國華陀所製的「麻沸散」裡就有它。然而同時它也能使人昏眩迷幻，喪失神智，步入險境。

夜深，內外一片寂靜，人類已經歇息，受危害的生物也各自在溫暖的窩裡放心安眠，你可以聽見窗外風吹過，檐下銅鈴一陣響，祈願的幡帛撲撲地掀打；樹葉顫抖；枝幹折地；石子滾下陡坡；河水潺潺穿流過峽谷，向各屬的國度趕去。白日的活動在這時變成細細的聲響，輕輕的騷動，暗暗地歡暢。眾聲中要是你聽見一個婉轉又清亮的高音響起，那就是夜鶯——還是金絲猿？——又在哪兒唱歌了。

有人來訪。

我連忙站起來，披上一件衣，請對方坐下，遞過一杯水。

他接過水；是自願來的麼？

奇怪的問題，自然是自願的。

那麼為什麼要去懷疑呢？他說。

懷疑什麼？不明白。

如果一則傳說已經以完整的形式等待著你，就無須再追究了。

可是，難道情節不都是虛擬的，不都是勉強的湊合？

有什麼關係呢？只要你信任它，它就能發生你需要的作用。

怎樣的作用？難道可以用來應付，用來抵擋嗎？

是的，可以的，他說，如果你安心地迎接它。

怎麼個安心法？現實才是扎實和實際的。我說。

別小看傳說的力量，是傳說，不是現實，能對付現實。他說。

這樣的嗎？我說。

不相信？他說。

不相信。

可是，你不就正在作這件事麼？他笑起來。

啊，這樣的？

人間的錯失和欠缺，由傳說來彌補罷。他說。

他站了起來。身上穿著淺色短袖襯衫，涼爽的棉質長褲，正是台北七、八月的男子的夏服。

請留步，我說。

我會再來的，他笑著回答。

繪卷都已留影，編目的工作也完成，包裝齊整後，就能送去首都圖書館了。這件事到底是平安完成，真令人鬆了口氣。

黃昏下起了雨，細細綿綿的，看著輕柔又抒情，據說本地人認為冬日落雨是福氣，卻令過客憂心；會影響鶴來麼？上次不就因為下雨而見不著，這回又要錯過了不成？

雨持續地下著，沒有止的樣子，工作人員三兩蹲在廊上抽菸，庭院裡禽獸們縮在遮檐下，蓬鬆著毛羽，呆呆望著不停的雨，有的已經把頭歪到翅下，打起瞌睡了。

綿綿的小雨，像愛人的傾訴，欲說還休，不說的時候和說不出的時候說得更多更細，只望你心裡慢慢忖度，默默地歡喜。持續到黃昏，天色都暗了，都晚了，還要磨蹭下去，依依留連不願止。

窸窸窣窣的，落在屋頂和屋檐上，落在院子裡，樹林中，落在夜合的花瓣和沉睡的鳥羽上，落在記憶的冊頁——

台北的夏日。夾道的木棉。溫州街的木屋。櫛比的青瓦。瓦上的陽光。水圳從木麻黃的根底淙淙流過。

天庭的野草。貼牆的相思。後門的菩提樹。春日第一朵花——是側門邊的灌木芙蓉罷。風撮弄過油加利。梭欏展葉成傘成扇，搖曳出一整座的夏影。陰涼的走廊。廊上的窗光。沒有人的大廳。門開著的研究室。唱機在室內兀自旋轉，旋轉出三十三又二分之一轉的細訴的句子—— It was many and many a year ago in a kingdom by the sea. ——那是很多年很多年很多年以前的沒有人知道的一個國度。

第一次的見面，第一次的攜手，第一次的相擁，第一次的爭執與和解，第一次的分別和重會，第一次的神傷和歡喜。

窸窸窣窣地落在靜靜的河水裡，疊頸而眠的淵谷裡，落向層層依偎的崗嶺，溫柔起伏的巒岫，和癡癡地等待著的金色的屋檐上——

夢者果然如約再訪。

怎麼辦？我說，又要看不到了嗎？

別擔心，他說。

別擔心，明天會是個好天的，他說。

只是微笑，用手持著下巴，靜靜的坐著，不再說什麼。

多麼熟悉的姿勢——

消失前他抬起頭。

他抬起頭，轉過身——

多麼熟悉的容顏——讓冊頁中的人物一一走過罷，認識的和不認識的，親近的和疏遠的，誠實的和虛假的，衷心的和欺凌出賣的——

有誰，會前來夢中相會且陪伴？是誰，會遞來叫人安心的消息，跟你說，放心，我跟你是在一起的呢。

是有這樣一個人的；只有這樣一個人。

啊，是誰，還有誰，是松棻呢。

人都該在愛還是愛的時節愛過，不是麼？

很多任性，浪費，很多懷疑和惶懼，很多的錯失，懊悔，遺憾，歉疚，很多很多的愚蠢，荒唐，混亂，都不用去擔心去追究去嘗試挽救的——你可以原諒你自己，讓一切由傳奇來承擔罷；明天會是個好天呢。

明天，太陽會再昇起，山嶺又像節日一樣一座一座地亮了，天地一片清朗，遼闊的天空將響起一連串的鳴聲如同遠戰歸鄉的號角，傳說中的鶴群必將飛越千古的時空，盎然光臨輝煌的殿宇，繞金頂三匝，再一次完成現實與神話的完美結合。山谷下的人民將舉行盛大的慶典，冬麥將撒下種子，民主的一票投下讓第一個共和國建立。你抬頭仰望，就像在每一個不同的歷史時空等待著的人們，也會發出歡欣的嘆息。

（原載《印刻文學生活誌》二〇一〇年七月號，總八十三號）

給明天的芳草

溫暖的夏日，當黑夜緩慢降臨，白天的浮躁逐漸化為無形，
屋舍和行人和九重葛的顏色退出了眼線，
緬梔和含笑的花香在嗅覺中愈是馥郁的時候，
一條漂亮的白底紅花衣連裙和一件淺色小花上衣，
還牽著袖口，在沒有底的寂靜的巷子裡，
依舊幽靈似地飄走著，彷彿是記憶。

1 九重葛

林家靠南貨從殖民時代起家，先輩們在政治和商業兩方面都有長才，半個世紀施展下來，在我們的時代，已是德高望重的世家。

林家在城西近河的黃金地段有幾條街的產業，家人都快樂地聚居在那兒。大房一連生了五個女兒，就納了二房，二房女兒剛落地，就進了三房。這麼一房房的接著來，一方面為了延續香火自應如此，一方面也因在我們的城市，舉足輕重的人物不能跟普通人一樣寒酸地守著一妻一室，多妻多妾或者有幾個不公開但要讓人都知道的情人才是體面的正事。

雖然只會生女兒，大房有原配的頭銜必然掌控一定的權威，三房生出了別人都生不出的兒子，一夕之間排除萬難躍升應有的位置，氣焰也一樣不可一世。二房夾在中間，日子不好過也就可想而知。

大房作小姐的時候本是名門閨秀，生下的五個女兒卻個個相貌平庸智力遲鈍，好在母親深具本地高貴人家的東西洋教養，精心培育之下，女兒也都能知曉蛋糕如何烘焙得蓬鬆，衣服如何穿得高尚，鳥巢髮型梳得入雲，臉粉撲得比整城女孩子加起來都更厚足又均勻。

不巧二房女兒麗質天成，一路學業也極為優秀，五個姊姊看在眼裡，自然要效法《仙履奇緣》裡的後母的姊姊，想盡辦法來給她顏色，好讓她明白分寸。出身貧賤的二房母親沒有說話的權力，只能盼望著女兒快長大，讓女兒和自己都熬出頭的那一天快到來。

果然不負期望，女兒考上了城南名大學，郵差送來入學許可證，捎來的是那雙叫灰姑娘改變命運的玻璃鞋子。借著陪女兒就近學校讀書的理由，獲得家族的許可，二房母親和女兒穿上鞋，到底是走出了林家的大門，在大房努力把一個接一個落榜的女兒調教成淑女名媛，將來不是要嫁給登對的名門子弟，就是要嫁給醫生，或者至少是牙醫時，在遠離財富權勢中心的城南，二房母親一心一意和女兒過活，開始了展向美好明日的生活。

母女二人在一棟有墨綠色的大門，門頂上攀爬著九重葛，屋頂上長滿了青苔，院子裡有一小片樹蔭的房子裡安頓下來。女兒高中畢業第一次燙頭髮，短短卷卷地梳在頭上，愈發顯出俏麗的青春氣息。亞熱帶的天氣常穿著淺色的上衣和過膝三分的裙子，天涼時就加一件對開的毛線衣，有時走路有時騎腳踏車，按時來回上下學校。母親看起來跟女兒像姊妹一樣，家居進出從頭到腳收拾得乾乾淨淨，去湖南小店買包香菸和火柴，跟夜叉老闆娘說話也柔聲細氣的，坐三輪車回巷子也不會像教授夫人那般提著嗓門計較零頭的數目，還會跟車伕道聲謝呢。

哎，巷子裡的人感嘆，台灣人守規矩，大陸來的個個油腔滑調，都沒個樣子了。

然而台灣媽媽的樣子在什麼地方總讓人覺得和我們巷子有點不搭配，就說黃昏等女兒放學，依在門口的那姿勢吧。指間夾著一根菸，穿在一件鮮麗的白底碎紅花的洋裝裡，斜斜的光線中斜依著側門，不止是那婀娜的腰身，還有仔細劃得像蛾翅膀的雙眉，一種從來沒見過的帶著風塵味的嫵媚，叫我們看著看著竟不安起來了。

啊是的，聽說沒進林家門前本是個城西風月場所的女子呢。想必窮人家不得已，嘖嘖，這麼標緻的人，可惜是這樣的出身。

白臉的年輕男子有時進出綠門，據老闆娘說是林家的一個小兄弟。體面人士既然不方便出面，遣個小叔來照顧，老闆娘認為林家還算是有點良心的。

白面小叔引起了我們的遐思，外表看起來兩人年歲差不多，女人這邊究竟是大了些，原本一定住在一起，和偏房嫂嫂的關係想必很親密的，不是麼，否則林家這麼多人，就偏他一個人跟了過來照應呢？

一個男人爬在屋脊上，手中拿著竹篾什麼的刮著瓦上的青苔，瓦一塊塊掀起來，小心地一疊疊放在一旁，再頂著一張黑色油毛氈比來劃去像個武俠片中的黑斗篷大俠。接著是一下午的敲打聲。天暗時人不見了。第二天早上又出現，仍舊蹲在屋脊上，重複著一樣的動作和聲響，褲腳捲到膝蓋的兩腿在瓦上走來走去身手靈活，肌肉黝黑健壯，臉曬得紅糙糙的。

刮去了黴苔的屋頂跟原來大不相同，在樹蔭底下亮出了一片漂亮的青灰色。

又見一個男人髮披在額頭的，站在院子的樹蔭下跟誰在說話。走過巷子從半開的邊門看進去看不見擋在廊柱後邊站著誰，看得見的是一截花裙子，一截白小腿，一隻白腳，趿在一只漆花木屐裡。從柱子的側邊不時吐出的縷縷白煙好似纖纖玉指一樣舞弄在兩人之間的空間。

前院的樹蔭裡原來有一株含笑，一株雞蛋花，和一株橄欖樹。三樹都不必去管，要修剪的是門頂上的九重葛，你看長得這麼亂，人的頭頂都勾到了。

一個上午男人就蹲在大門的水泥平頂上，拿著一把長剪刀，披頭散髮糾纏在重重的九重藤間。

修整了屋頂剪齊了藤葛，屋子煥然一新。新瓦在樹蔭下反爍著天光，像似向天空開出了一大片玻璃天窗。

除去雜枝的葛藤露出了主幹，蛇長的手臂抱纏在門頂。園丁在大門口左右擺出了水泥大花缽，種上紅黃二色的金蓮花，你繞著缽走就沒有藤枝撩刺來頭上的問題了。

小貨車停在門口，白臉小叔和一個工人下了車，打開了大門對開的兩扇才推得進門裡。黝亮的三葉牌立式鋼琴也是巷子沒見過的。

禮拜天的上午和黃昏，打麻將的聲音裡開始間有了練琴的聲音，此起彼落悠悠揚揚的。

彈得不錯呢，教授夫人難得誇獎人的。的確，近來琴聲聽起來很有進步的樣子。那自然，夜叉老闆娘知道原因，拜師學的哪，才從外國學成回來就給名校禮聘了的鋼琴老師，據說是不輕易接受私人學生的。老闆娘知道個什麼的？啊，可別這麼說，別看她那一頭稻草頭，雖然只是巴掌大的雜貨店，用石頭壓在木板凳上寄賣的報章雜誌卻是刊載了所有天下大事的。

牌聲和琴聲像雙重奏一樣，時時陪你走過一條巷子。

九重葛的生命力真是強，好像不過昨天才剪過，今天就又抽芽長葉冒出很多花苞了。據說你剪下一枝隨處一插，就都能活成新的一棵呢。

大學生模樣的男孩子替女孩推著腳踏車，兩人並肩走進了巷子。

怕是男朋友了，我們都為女兒高興。

同班同學，老闆娘說，也念文的。哎，女孩子念文也就罷了，男孩子自然應該理工法商，考上這麼好的大學，白浪費了。

念什麼還算其次，據說林家反對的是交男朋友這回事。

老遠在城那頭，不告訴不讓知道不就是了，老闆娘還頗具叛逆精神呢。荳蔻年華情竇初開，要管也管不了的，教授夫人的文字功夫到底是比較有深度。

據說林家也不真正反對交男朋友，反對的是交外省人男朋友。

外省人有什麼不好？吡，湖南人老闆娘從齒舌之間發聲。可不是，教授夫人附意，外省人有那麼土的嗎，不是外省人我還看不順眼呢。

土財主才有錢呢。老闆娘認為。

還在商榷外省本省時間，又見女兒一個人來去了。難道是，初戀還沒啟動就結束了嗎？

想必靠城西家裡過日子，不得不聽話的。不過反對來自母親其實也有可能，例如以學業為重等。這麼說，女兒就滿孝順的了。是的，我們一開始就覺得女兒裡裡外外都是個不可多得的乖女兒、好學生。

一場夜雨，花苞綻開，紡綢似的洋紅色三瓣花，從中心吐出三簇小小的淡黃色的花蕊。不不，洋紅色的不是花瓣是苞葉，淡黃色看似花蕊的才是花，三朵小黃花都努力地伸著細長的頸子要吸引你的注意和渴望你的認可，你得剝開了深喉似的花頸才能找到躲藏在裡面的真正的花蕊。

不幸負我們的耐心，總算有了新鮮的故事。人之常情哪，我們都明白，戀愛失敗的人是渴望著儘快再戀愛的，不是麼，所以這麼快就愛上了鋼琴老師。

消息傳來頗合我們的推想，不過細節仍得靠老闆娘提供。

年紀大上一倍不說，還有太太家小的。只是，進出巷子仍舊是拿著書本正正經經的一個人，並沒見女兒跟什麼人走在一起呀。啊是了，女兒放學回家得越來越晚了。

女孩子晚上什麼時間回來，跟了什麼人回來，早起早睡作息有序的我們固然沒看見，可是雜貨店的窗扉是敞到十一、二點的。

不過老闆娘的話你也不能完全相信，一方面我們都知道她一向沒事說成有事，小事說成大事。一方面，哎，道理非常簡單，老師是位有頭有臉的本地文化人士，何況給自己太太看見了也不大好，不可能公開帶著年輕的女學生招人口舌，不可能跑到我們巷子來自投羅網，而女兒也不可能膽子大到把老師帶進來的。

黑摸摸的夜晚，一廂情願的老闆娘怕是把順路一起回家的什麼人，或者一個不相干的路人，看成了鋼琴老師了。

姑娘自作多情，單戀上老師，在這裡自個兒害相思，恐怕是更有可能的。嘖嘖嘖，這是沒有結果的，這是會自毀大好前途的。

對吵架的聲音，甩門窗砸玻璃的聲音，推倒家具的聲音等等，我們都充滿了期待，走過綠門時不覺都放慢了腳步，斜過去眼睛，側過去耳朵。

什麼聲音也沒有。戀愛這樁事是最磨人纏人的了。

夜深了，門都關了，沒有人再進來，沒有人再出去，人人都安詳在各自屬於的所在。一個瘦削的影子走進黑暗的巷面，佇立在影裡的門前，巷口的一盞路燈經過了幾家門戶在這裡失去了光度。

這麼黑暗又寂寞的門前一方地。

拿出鑰匙來吧，開門進去吧，無論晚歸是為了哪一種原因，門是等著妳的，門裡應該是溫暖的。

冬天來到巷子，樹葉不落，只是累積了一個夏天和秋天的樹色沉重了，陰陰濕濕的透露著蕭肅。花不見了，葉子也少起來，蛇長的藤上蔓走著荊刺，原來是這麼的又長又尖，不小心撩到了能劃出一道長長的血痕。

練琴的聲音變得時有時無，零落突兀，沒有開始也沒有結束；難道女兒真是愛上了鋼琴老師麼？這麼一想，你以為你連哭的聲音都聽見了。不不，不可能，無論哭不哭還是怎麼哭，都不會讓門外聽見的，你的耳朵過敏了。

一條巷子都知道了，人人在雜貨店前停住了腳步，以便表示關懷，和獲得進一步的訊息。

據說是關起門來在洗澡間裡燒的，據老闆娘說。用什麼燒的，炭火還是火柴？還是打火機？火柴容易燙手，炭火就變成燒炭自殺了，打火機應該是最合適最應手的。那麼就是一隻手拿著打火機燒另一隻手了。好在只燒焦一層皮，沒燒到肉，想必是嚇唬人罷了。好在煙氣和焦味都傳了出來，趕緊撬開門奪了火，否則燒壞手不說，就要燒到房子了。

平日看著好好的女孩子為什麼做出這樣莫名其妙的事，火不會失控燒了開來嗎？燒到了我們燒掉一條巷子嗎？真是太胡來了。文文靜靜的想不到心眼真多，這樣的人最難纏了，誰家有這樣的女兒可就麻煩了。也不替媽媽想想，明天的日子還都指望著她哪。不過好在發現得快，好在發生在半夜，要是在大白天，不就鬧翻整條巷子把新聞記者都招了來，我們可不就都要上報了。

我們耐心等待媽媽的反應，切盼她採取應該的措施行動，日頭都斜出了巷子，才盼到三輪車又一搖一晃地駛進來。

穩當地跟車伕算好了錢，道了謝，拿出鑰匙開了小門，把先下車在身邊低頭等著的女兒帶進了門裡。門窗縫隙後邊的我們留意觀察那隻手，緊緊地包紮在厚實的白紗布裡。

到底是怎麼燒的，燒在了哪裡？這樣的女孩子可放縱不得的，做母親的以後要嚴加管教，不能再讓她隨心所欲想做什麼就做什麼的。

綠門緊緊地關著，像忠誠的守衛，不但把我們排拒在外，也拒絕洩露任何動靜。

白臉小叔沒來，來的是一個司機，仍是要敞開大門才搬得出去，還得叫來老闆娘的丈夫一起才能抬上了小貨車。

鋼琴既然搬走，琴聲隨著消失，牌聲重新占據原來的重要位置。

女兒神情鎮定衣裝整齊的上學放學，照舊是乖女兒好學生的模樣和規律，什麼事都不曾發生過的樣子，我們也就當它什麼事都沒發生過，雖然在經過身邊的時候，免不了還是要瞄瞄那隻手。

燒壞了手指麼？留下了怎樣的疤痕？其實我們從來不清楚到底是哪隻手燒了起來。本就偏瘦的個子，這一折騰愈發瘦得不成話，紙一樣飄在巷子裡，我們都看不過去了，嘖嘖嘖，這是一輩子都忘不了的哪。

這樣飄來飄去飄到最後一個學期，沒再惹出什麼別的亂子，大學總算安穩念完了。畢業典禮走在校園裡的穿著白旗袍的女生中，要數女兒最好看了，一種初長成的婀娜身姿自然是得自於母親的。

多麼糟糕的天氣，陰雨一停就是夏天，每天都是三十七、八度，太陽當頭直照著巷面，瀝青沾上鞋底，從頸背到脊梁都冒汗，撐傘也沒用。

一點風也沒有，空氣沉滯，呼吸封閉在窗內外的悶氣和廢氣裡，身體的每個角落都黏答答的，最熱最濕的是腋下和鼠蹊。

呲，半夜醒過來，枕旁一張黑臉，可不嚇壞人！老闆娘又從齒舌間發音。老闆娘實在過慮了，守著自己的丈夫就好，不必為不可能發生在她身上的事操心。

現出什麼黑臉？啊，是這樣的，有人看見台灣媽媽和一個黑人坐在三輪車上。不不，不是一個皮膚比較黑的同胞，無論本省外省。是一個真正的黑皮膚的黑人，黑人美國大兵，黑得眼睛鼻子都看不見，在晚上黑得不見頭臉和四肢，只見懸著的一件卡其布上衣和褲子，黑得跟黑夜一樣，安全地藏在黑夜裡，我們從來不知道他是誰，長得是個什麼樣子。

想必是舊相好，別忘了原是在歡場工作的人呢；也可能是新相識，美軍一批來一批去的市裡到處都是，坐在三輪車上很神氣的。賺美軍錢容易，尤其是從越南過來的那種，報上說連小學老師下課都到中山北路去掙外快了，真是人心不古斯文掃地哪！

自然是瞞著我們黑天來去的，酒家本來就是晚上上班的。這麼舊業重操，是耐不住寂寞？是林家摳門，生活費給得不夠？還是女兒沒管教好，林家氣起來索性不給生活費了？還是對女兒不存了指望又自暴自棄了？本性難移，舊習難改哪，當著自己女兒面不說，還讓巷子裡的清白人家都看著，確實是壞榜樣，要賺那種錢就到那種地方去，這裡可不是中山北路林森北路天母士林的，正義之聲從巷中響起來，啊是的，我們的巷子是有教養的文化區哪。

要是跟個黑人給林家看到了知道了怎麼辦？我們一面替婦人擔心，一面興奮地等待著另一場災難的發生。你不能不承認，自從台灣媽媽和女兒搬進來我們的巷子以後，日子變得有盼頭得多，有趣得多，平乏的生活變得活潑起來了。

然而母親和女兒不動聲色地進出著綠門，什麼事都在發生，什麼事都不在發生，門總是忠誠地關著，九重葛手持刀劍護衛，我們無法進尺一步。

好在我們並不需要大門向我們敞開以便探知內情，也不需要多少目擊耳聞來建造情節，諸如經過門前瞥上一兩眼，老闆娘不時給一點線索，鋪陳的條件便已足夠，我們便能描述來龍去脈，期待的故事就豐滿如生了。世界從來就不是寫實的，不是一步步具實地形成的吶。

手夾一根菸，斜依在側門口的姿影越常見了。女兒已經進了門還是這麼依門站著，甚至於沒有學校的日子也這麼站著。白天的時候，黃昏的時候，夜來前的時候，在漸漸暗下的光線裡一點火星在門口靜靜閃爍。

然後開始在巷子裡踱走，從這頭過去，從那頭過來，從你身邊晃過去，沒看見你似的，恍惚的模樣使我們不得不覺得，怕是人的精神有了什麼問題。

然後女兒也出來，跟著媽媽一起走。從這頭去，走出巷子，過了不久或者很久，又從那頭回來，時時牽著手。母親喜歡穿那件鮮艷的白底紅花衣連裙，女兒常穿的是淺底小碎花的長袖襯衫。

當夜晚到來，空間變成黑暗，兩人就這麼沒有目的的走在巷子裡，在不下雨的晚上，不颳風的晚上。在炎熱的夜晚，涼快的夜晚，冷索的夜晚。

這麼走著和走著，一天我們又不得不認為，這不是平常的飯後散步消食，是兩個人都發神經病了。

九月了，起風了，每家陽台上的曬衣飄飄掀打在清澈的陽光下，發出輕快的裂帛的聲音。到了晚上，衣服都收進屋子以後，在月光下輪到白底紅花的衣連裙和淺色小碎花的上衣飄起來，卻是靜悄悄地沒有聲音。

女兒通過了留學考，說是名校給了超額獎學金呢，我們都為她雨過天晴否極泰來而高興，不過好不容易能夠去外國，念什麼音樂卻是沒道理的。念音樂要進什麼名大學的？自己彈彈不就成了？先念文現在又念什麼鋼琴真是聰明才智連獎學金都白費了，好在是個遲早要嫁人的女孩子。

白臉小叔又帶進來小貨車，在門口停下，打開了雙扇門。這回搬出的卻是大小衣箱家具等。

不是自己願意，是林家下令搬的，老闆娘打聽到消息。叔嫂兩人關係鐵定不同凡響，不然怎麼一路照料到底，還算有點義氣的呢？

直到門口的金蓮花連葉帶苞都垂萎在乾裂了的缽土上時，我們才明白門內沒人很久了。台灣婦人究竟是離開了巷子，不會再回來了。

不過聽說城西也不見蹤影，那麼她去了哪裡呢？

有人說，林家為了面子把她送回了南部老家。不是，有人說，不是送回老家，是送去了山上某佛堂，改邪歸正變成了佛門子弟。不是不是，有人說，是送去了某洋人教會辨的什麼院，變成了修女還是隱士。不不，不信教的人說，什麼都沒變成，是為了眼不見為淨，把她送去了不是日本就是新加坡。林家在二地的產業可都多的哪。不對也不對，有人說，是被押回了城西以後就鎖進了樓房的深裡，不准再出來丟人現眼，如果你不信，不妨站在馬路上，夜晚人車肅靜的時候仔細聽，你就能聽見從樓頂的緊閉的窗後傳出來的嘶喊聲。

不不，有人說，你可別把人看得這麼糟糕，對人這麼不相信，真正發生了的是這樣的，婦人在林家斷了經濟來源以後，雖然重操舊業，到底是自己養活自己，存足了錢——美國人的錢著實容易賺——去跟女兒過活了。有人說，她跟黑人大兵重續了舊緣，在陽光普照四季如春的南加州兩人組成了快樂的新家庭——黑人也有好人哪。是的是的，有人證實此事不虛，說是親眼看見他們一起在Safeway買菜，只是那黑人依舊一樣黑得走過來還是只看見上下衣服，看不見眉目，所以到現在我們還是不清楚他長得到底是個什麼樣子。

女兒的後來呢？哎，你也是不得不放下成見的，據說她學成以後表現卓越，現在已是個環球巡迴演奏的名鋼琴家了，跟她合作的都是世界著名交響樂團不說，每次出場費都是好幾萬美金呢，算算台幣就不得了了。那是給迫上鋼琴的我們的兒女們望塵莫及的，而她之遠超過了從前那位鋼琴老師——他們果真好過嗎？——更是不用說的了。對她某天榮歸故鄉，讓我們能夠再次聽到很多年前那曾經陪伴我們走過巷子的琴聲，我們都在引頸延耳盼望著。

這期間，時局在和平穩定中逐漸走向繁榮進步，國人安居樂業，思想隨之開放。林家母女的各種事端如果發生在此刻，不會讓我們再動一根眉毛，而曾經讓我們或悲或欣的情節也都一一成為普通常事，再不會引起我們的注意，啟動我們的感想評論或遐思了。

那一種純粹的，固執的，耽溺而堅絕的，不惜殉之以性命的熱情，獲得了適當的調整和修正，現在的豐足的快樂的我們，再不會像前人那樣天真愚蠢了。

啊是的，我們沒忘記大房的五個女兒們，果然個個不負眾望，四人嫁給了門當戶對一個比一個蠢的豪門子弟，一人變成了牙醫夫人。你知道牙醫臨床風險少，而國人牙齒有夠糟的，所以現在已成了首選婚嫁對象了。無可疑問的，五位女兒都延續了我們城市上流階層的正脈傳統，各個都啟動了似錦的前程。

人物穿梭，事物啟動，暑來寒往日起夜歇，穩定有序的節奏在我們的巷子裡重複和持續，生活不因變動而變動，時間進行，時間也靜止，一進入這裡就進入永恆，直到一天你驚覺年華已盡。

不見有人再住進綠門房子，牆頭的石灰剝落了，裂隙探出長長的茅草，九重葛的藤枝任性伸張，洋紅色的花朵放肆疊綴，覆蓋著大門，纏住了小門。屋頂的苔蘚又綿延成黯綠色的厚毯，重新掩蓋了曾經像玻璃天窗的那一片青瓦。羊齒的種子無處不飄，飄到了屋頂的，在苔毯裡生根抽芽，骨瘦的手指一樣懸伸下來，攫據著腐爛的屋檐，落在牆縫裡的抽出細細的莖梗攀滿牆面。緬梔含笑和橄欖三樹從來沒人管過，索性茂長成一大片羅網交錯，擋住了所有的光線。庭院陰森森起來，變成了莽園。

只有在這裡，你看見了光陰的流逝和累積。

橄欖掉落在地上，你走過時，聽見一顆一顆寂寞地打在門後的泥土地上。

想必是一滿地的了。

溫暖的夏日，當黑夜緩慢降臨，白天的浮躁逐漸化為無形，屋舍和行人和九重葛的顏色退出了眼線，緬梔和含笑的花香在嗅覺中愈是馥郁的時候，一條漂亮的白底紅花衣連裙和一件淺色小花上衣，還牽著袖口，在沒有底的寂靜的巷子裡，依舊幽靈似地飄走著，彷彿是記憶。

2 美少年

颱風過後的第二天早晨，小木橋底下漂蕩了一具人體。

這一條敞流在兩條街之間的下水道平日深不過腰，只能浮晃著一些落葉雜草和閑人隨手亂扔的垃圾。昨夜大雨宣洩不及——我們城市總有這排水問題——水位上漲，不知從哪裡漂來了人體，被吹斷在溝中的樹枝樹葉擋住了，擱淺在橋樁之間。

刑警大隊打撈到岸上，撥開了腐草亂葉而顯出面目時，圍觀的人莫不為那少見的俊美而嘖嘖稱奇。

是自殺？是失足意外？昨夜圳水漫上了街面，圳道和路面的確合成了不分的一片。是被人推去了水裡？是他處做的案子轉移到了這裡？

偵察人員先從失蹤人口著手，照片送去各大報社，貼上布告欄和電線杆，全城公開尋人。那俊美的面容公布於世時，據說連領袖都注意了起來，平日言論一向受到嚴格管制的媒體從而得到自由發布消息的許可。

依照專案人員提供的線索，記者們展開文才和想像力，每天在首頁以頭條為我們報導案情的進展。至於不約而同都採用了大型字體，據說是為了讓眼力較差的最高領袖容易閱讀的緣故。

身上並無彈孔刀傷勒痕等，也沒有掙扎撞跌毆打的痕跡，他殺有待實證；胃中沒有殘餘藥物或酒精，排除中毒或被毒的猜測；身體外在各處和內在器官等都很完好，健康上沒有問題；城市四周並不缺乏流勢可載重物的河川海洋，迢迢搬運過來拋棄在淺水溝裡未免太愚蠢，所以現場應該就在附近。

種種假設經過審慎的推理以後，以意外或自殺為最可能，啊是的，那一俊美的面容在眉目之間，透露著似乎是只有情願和不悔的人，才會有的一種奇異的安詳、一種平和的神情呢。

頭髮、指紋、沾土、腰際的三根不明毛髮等，都送去了化驗室。法醫在胸前找到一枚小刺花，黛青色的筆劃，似乎刺在身上有些時日了。刺花圖檔公布在報上，供大眾認證。灰灰的一片底上，一個孤零零的形狀，像一個寂寞的傷痕，還是一張小小的張著的口。

什麼意思呢？黑幫的標誌？密黨的暗碼？宗教團體的圖象？某人某事的代號？親密的隱私默契？

因這朵刺青案情淒迷起來，戒嚴時期的平穩寧靜生活給波動了，出現了難得的熱情。想到總裁每天早晨也和我們一樣急急打開報紙，密切追蹤同一條新聞，我們都感到了歡欣和鼓勵。

我們每早醒來就翻身起床，忙把一滿頁文字攤開在早飯桌上，一邊喝著稀飯豆漿豆花等一邊迫不及待地一個字一個字吞噬，飢餓著更多的敘述，希望案子愈慘愈好。

化驗的結果出來了，不明毛髮是狗毛。偵察人員隨即展開行動尋找附近的養狗人家，找到了一位將軍的住所，因為屬軍方管轄，國防部特別頒發搜查許可證。

房屋內外都仔細翻看過了，收集了狗毛、泥土，以及若干其他有疑物件，一一裝袋作註帶回了偵辦所。

想不到化驗出令人吃驚的結果，將軍家的狗毛、泥土等都和犯案證物屬於同一類型，而將軍的獨子，真奇怪，竟跟那溺水青年一樣俊美，在他手腕附近若隱若現有一個小疤痕，則是愈看愈像那一枚刺青呢。

偵察人員立刻把將軍住所列為犯案第一現場，迅速拘押了廚工、司機、勤務兵、女傭等人，開始了嚴刑審問。將軍及家人則禁足待查。

案情急轉，綺情呼之欲出，我們都引頸等待那爆炸性的細節公布出來。這其間，記者們不負眾望，不懈地探索追尋，為我們推研各種可能性，生花妙筆寫出了比目擊身歷還更生動的奇情艷節。我們隨辦案人員一起投入案子陷入故事，興奮地跟隨，精神抖擻。

殷殷期待中不覺一個月過去了，一天打開報紙到底是看到了宣告破案的消息——一件因風雨夜歸視線不明腳步不慎落入水中的意外事件。

我們的失望程度可想而知；澎拜的激情奔浪怎麼瞬間化做一條涓涓細流，就這麼隨圳水流走了呢。

沒有一個人相信刑警隊的說法。沸沸揚揚偵探了這許久，連起訴審判都沒有，只以意外事件草草結案，明顯是有隱情的。要是發生在一個普通老百姓身上，不要說起訴審判極刑嚴懲了，送去火燒島也是可能的。啊我們記了起來，將軍可不是普通老百姓哪，他是位曾經獻身征戰報效國家為領袖立過汗馬功勞的忠貞愛國人士哪。就這麼一個兒子，想必有關當局法外留情特殊考慮了。

我們都為將軍消災離難鬆了口氣，說實在，當黑轎車帶著穿土黃色中山裝的辦案人員前來敲打將軍家的大門時，我們都替他捏了一把冷汗，深為他或許跟重要人物有什麼忌憚糾結而擔心呢。這麼看來，最高當局原來也是念舊的，也是有人情味的呢。

無論如何，年青人由此而脫罪，我們也真替他高興。將門之子，天之驕子，大好的明天還在前邊等著他哪。

案件從報上消失，禁言令再度啟動，生活恢復了平常。一件叛國案新發，據說涉及的幾位教授就住在本區。

將軍迅速把兒子送出了島嶼。你知道那時大家都得通過留學考試才出得去的，將軍能為兒子免除各種關卡手續，據說是依循了天才青年免試出國的條例，想必也是動用了特權的。如此匆匆行動，愈見事情不簡單。據說將軍自動向中央請求除役的時候，中央慰留了一番後也就批准了。司機廚子秘書等都退回了公家，其中自然多為情報人員。勤務兵老張自小從家鄉帶來，還是留在身邊。在國防部保證將軍要住到什麼時候就住到什麼時候，絕不逼遷的承諾下，一家人搬出了溫州街的官舍。

本來還在等候晉升的將軍，就此不再介入軍政，搬去了鄉下什麼地方，經營起一家豆漿燒餅油條店來。論手上活計，只會放槍殺人的將軍哪會做什麼餅食的？自然是忠心耿耿的老張在打點了，但是若你經過巷子，倒總能看見將軍和夫人兩人從早到晚都在那片小小的店舖裡忙進忙出的。穿起便服的將軍看起來像個老百姓了。辦案期間據說不堪騷擾得上憂鬱症的夫人似乎也恢復了精神，只是身上不見了精工裁剪的旗袍，換上的是本省女子愛穿的衣連裙，常是一件耐髒的豆紅色。

想必是起用了軍隊的標準吧，小店開得比別家都乾淨，沒有桌面讓你手肘黏答答的情況，或者椅縫間顫動著兩根蟑螂鬍鬚的怕人景象。燒餅則是做得外皮酥脆內層軟潤，勁道恰到好處，冒著出爐的熱氣剪開來，夾進現炸的金黃色的油條，那拿在手中，香在鼻前，一口咬下去，芝麻在齒間爆開的爽快，叫人一吃再想吃，不久店前就出現排隊的人潮了。

將軍轉業成功，使人不得不再評估幾年前的那一件離奇的案件，說它改變了將軍的命運，應該是不為過。如果那件事不曾發生，將軍此刻怕不已是三軍統帥總司令了。不過是案件沒發生，一帆風順做到了青雲上的將帥好呢；還是發生了變成了廣受大眾歡迎的燒餅店老闆好？這就要問本人的感受和意願了。

颱風又來的時候，風雨聲中我們不免想起那位溺水美少年來。風雨交加的那一個夜晚，為什麼他要出來呢？沿著洶涌上漲的圳水走著的那時，為什麼不小心而至於落入了圳道呢？風雨激狂地吹打身邊，獨自一個人，濕透了的他為什麼會因一時的糊塗把自己沒入了水裡呢，難道他不知道，無論怎樣浮沉，他的身體必定會漂流起來，漂浮上來，必定會擱淺而被人發現？

而胸口的那一朵刺花，要為他訴說什麼以便讓世界明白呢？那一朵悲傷的花樣於他是有著怎樣特殊的意義，竟要把它銘刻在胸口呢？

至於將軍之子的後來故事，啊如果你有機會去舊金山玩，可別錯過了市立芭蕾舞團的表演。此舞團基本訓練扎實，團員品質整齊，無論古典還是現代都跳得好極了。你在欣賞的時候，不妨多留意一下台上的男主角，那身材和舞姿都優美到令人心動的華裔舞者，就是他了。

（原載《印刻文學生活誌》二〇一二年三月，總一〇三號）

夜渡

乘船走到水深的河心，牽手從甲板翻入水，
做了和祖先們一樣為河水添增眼睛的事情，
我並不會覺得驚奇，或者要去偽善地惋嘆些什麼。
問題都留給專家們去追究吧，於我，她們的故事很簡單，
而且不需再次說明，
走在她們前面的人已經為她們一一陳訴清楚。
不過這樣落入水裡，
就要辜負了那一身的美服了——多少日月星辰，多少光陰，
宇宙的天長和地久，都編織在針線裡，載負在背脊上哪。

因某種機緣，我在中國西南滇黔地區逗留了一段時間，觀察體驗到了一些當地的風物人情。在諸多沈從文式的溫柔純樸善良之外，讓我感受更深的是原住民男子的酗酒和女子的精神失常問題。特別是後者，鄉土方圓之內，每天的日常生活，你竟能隨時隨地遇見神情恍惚舉止失序的女子，尤以未成年少女為多，令人不得不重新估量起事情來，我還以為憂鬱症多發生在成年人和知識份子之間，並且集中在城市呢。

疾病來襲自然不會指定人選，原住民的情形又跟貧窮不脫關係，也許社會各方面都在發展進步中，但是受惠者以貪官汙吏奸商為多，小民在生活上並沒有得到足夠的改善而能心情愉快，更不必說墊在社會底層的原住民了。我曾去過山裡一個村落，仍舊是在泥土地挖洞為灶，拾柴為薪，而蛋白質的來源是靠運氣好時在田間水裡撈捉到的泥鰍青蛙等。原住民女子的地位又在底層的底層，女孩子多不能入學，從蹣跚會走路起，就得撐負沉重的家務，晦暗的生活甬道一輩子出現不了前光，誰會開心起來呢。

溫和善良是美好的天性，然而和它同時一起存在的是消極的生活方式，對現世和未來都不期待，一種悲觀的宿命思想，在族人之間是這樣的普遍，讓人不得不猜想，除了經濟情況以外，前述問題的嚴重是否跟這對生命的看法和作法也有某種關連呢？

後來我讀到一則報導，說是水域的這裡自殺率是全世界最高的，從秦漢經明清至民國和解放而不止，只不過時多時少而已，風氣及於社會各階層，代代相傳重複發生，不管家境背景，以至於當地人家竟沒有家人不自殺的紀錄。

其中尤以年輕情侶為多，愛到極點成婚無望，於是兩人約好時間，穿戴上新衣新帽，出遊一般去到峽谷岩巔水岸等，往往在某種儀式之後，如文中所引古載，「則雍容就死，攜手結襟，同滾岩下，至粉身碎骨，肝腦塗地，固所願也。」民間有「落岩之俗」的說法，可見跳崖已普通得變成了一種習慣了。

報導在尋死的節段上頗下功夫，寫得浪漫又美麗，把論述當成了散文在寫，抒情得了不得，只是將樹林裡掛著的人體比作果實纍纍未免言過其實，而把夜晚水上的點點火光說成是情侶們的眼睛，更是以直覺和想像取代紀實，簡直像寫小說了，看來記者不是專業意識不太夠就是想取悅讀者亂打知名度，這些都是我們文字界的特點。不過河水眼睛的說法倒是使人想起了沈從文在自傳裡寫到的，把愛情關係上不老實的女子剝光了衣服綁上了大石，放在小船上推入河心的此地的沉河古習了。

論述引用的一些數據頗令人驚奇，動輒上百人不等，在人數和頻率方面使人不得不想起屢見於中國歷史的剿匪清鄉來。這些歷史事件的肇始者，像專家們指出，不是該死的愚民、不聽話的暴民，就是官逼民反鋌而走險的革命家們——自然看你用什麼觀點。在都會裡有人不想活對自己又下不了手時，往往會故意做出暴烈的行為招惹警察開槍來達到目的。如果前述精神失序問題這樣普遍，那麼，清鄉等事件的參與者之中，是否也有一部份人，或甚至於全體造反人眾，其實是不想活到也採用了類近的手段，借官兵之力來達到終極目的呢？

自殺不分古今中外國家民族，例如特愛自殺的日本人，只看二十世紀，只數我們熟知的作家如芥川龍之介、三島由紀夫、江藤淳、川端康成等，就數也數不清，其中一九七〇年三島帶領自衛隊學生剖腹大約是最轟動的。來到二十一世紀，你要是點開網路，隨時又能讀到日本人招集同伴共赴盛舉的訊息。西洋世界的作家們，畫家、音樂家們的自殺名單可以成為一本厚書，而動輒數百人的教派集體行動也是驚天動地，例如一九七八年圭亞納「人民聖殿教」九百一十三人在南美莽林內一起服下氰化鉀飲料；一九九四年至北克「太陽聖殿教」自殺活動持續了三年不斷；一九九七年加州聖地牙哥「天堂之門」三十九位信徒相信唯有離開人間才能由幽浮接去星空獲得永生。二〇〇〇年非洲烏干達「十誡復興運動」參加人數竟達千人之多。其中一九九三年四月美國「大衛教派」駐守德州維可郡的一座莊園，和聯邦調查局對峙五十多天，最後雙方爆發槍戰，一把大火燒盡了人與屋，事後發現火是從莊園內起的，正是一個以暴興暴，借對方之力自焚而絕的佳例。

在水域的這裡，鄉誌記錄多得不勝舉，民歌也傳頌了不少本事，人人知曉的《天地的聲音》就訴說了一百六十人同時跳崖的經過。到了現代時期，民國革命並沒有改變情況。一九四九年以後似乎遏止了趨勢，卻不過是共黨政權封鎖消息的緣故，一切仍都在不間斷地發生著，例如一九六〇年代就又有八對情侶共十六人結伴赴水的例子。

不論在哪一個國家，哪一種民族，屬於什麼性質，為文學理想也好，出自宗教理念、社會意識也好，這些行動都不缺乏信徒式的奔赴天國的熱誠和堅決。和前述中外各例一樣，據說水域男女也一樣不把尋死當成悲劇的。殉情者往往事先會收理了平日喜愛的物件隨身攜帶，還會花上好幾天工夫上市集採購紅頭繩、彩帛帶、象牙梳子、金帽圈、銀項圈、羊皮披肩、口弦竹笛、長短刀等，自然也不會忘記美食美酒糖果和糕點的。

他們最常去的地方是玉龍山，在山腳的杜鵑花叢間吹笙跳鼓唱曲饗宴之後，雙雙就向雪山跋涉，到了最幽美的地點，就會以他們選擇的方式完成意願。據說他們的魂靈將經過石峭樹尖的艱險第一國，草木不生的荒原第二國，過一座木橋，穿過一大片雲杉林的入口，就會抵達旅程的終點，「金花不謝，金果不落」在永恆的光輝中等待著他們的「玉龍第三國」，在那裡他們就能獲得人間沒有的不老的青春和不謝的愛情了。

脫塵超俗、險俊奇美的玉龍山在納西自治區，海拔一千五百尺的峻嶺如蟠龍蜿蜒，永遠覆蓋著晶瑩的白雪，所以得其美名，鄉民相信它是由最崇敬的三朵神衛護著的。據說三朵神是一位戴白盔穿白甲，手執白矛，騎白馬的神將，全身雪白的想像自然基於永不融化的山巔白雪，但是那俊美神氣的模樣不啻也是人間思慕的白馬王子了。隱祕在山中的「玉龍第三國」又是什麼樣子呢，倒也不難在文字和圖畫中找到清楚的描述。

它是一個日月星辰同列在藍天，白雲繚繞在雪白山巔，樹木長青，繁花盛開，青草在地上鋪成厚毯，一年四季永遠暖如春天的美鄉，其間走歇著五彩的雉鳥孔雀，花紋斑斕的老虎，健碩的鹿群馬群，犄角閃亮的犀牛大象牛羊，還有活潑的獐子驢騾雞犬等；那裡有穿不完的綾羅綢緞，吃不完的鮮果珍肴，喝不完的甜奶美酒；那裡沒有戰爭災害疾病，沒有貧富不均，沒有悲傷憂愁，人人和善親愛。那是一個美麗絕倫，物我兩歡，自由平等博愛的原鄉。

籠罩在悲觀文化中的生存，自然容易苦中作樂，想出了比《論語》的大同世界和魏晉桃花源還更美的烏托之邦，普通人的我們能揣摩瞭解卻不敢苟同。他們如此無理性的妄想，學者專家孜孜研究之後告訴我們莫非是在文化背景歷史過渡社會現實權力鬥爭，儒家婚姻性別倫理取代原住民價值觀等等上出了問題。只是我們一邊受教開釋，一邊免不了另有心思——尤其是每每遇見這許多言行恍然的女孩子時——環繞史政經社等等論述的大道理是否觸及的都是事態的表層，那內在的跡象，隱藏的衝動，其實不過來自一種天生的性情，直覺的感受，自然的生活，來自一種簡單的宿命論，和由這些種種醞釀而成的抑鬱症呢？

你可別忙著大聲斥笑這種說法的荒唐，低估了憂鬱之為非凡的精神，和它能啟動的巨大的能量了。

並不是為了追就以上問題，我再訪水域，這世界最美麗也最悲涼的地方。

黃昏船泊江岸，等待最後一批上船的旅客。

秋分已過，濕熱減消，陰雨開始前的短暫涼爽季節是旅遊的旺季，彼村即將舉行一年一度的豐收祭，是否真正豐收並不要緊，目的是借此發展商機招徠遊客，十月假期帶來的經濟利益非常重要，鄉村一年的生活端看這一季的生意。

小客輪是加開的班次，又是夜渡，船上不算真擠，裡外卻仍是一片嘈雜，吆喝口令的，喚人的，對談的，叫賣的，華夏民族真是個呼喊的民族。身體的氣味，髮油的氣味，食物的氣味。我跟一個七、八歲模樣的小販買了幾個烤粑粑，準備當作晚食。

船終於收纜起錨，迎夕光的江面溯水向前，這程要一夜時間，預計天亮時可航達對岸的彼村。

雙人艙一直不見另有人進來，我把行李都拋去上鋪，舒服地占據了整個艙室。梳辮子的服務員推著小車來到艙門口送暖水瓶和茶葉，我請她留下兩三個菊花茶包即可。一向有失眠問題的人晚間不宜喝真茶，尤其在旅行中。

身旁既然沒有別人，豈不正好吃東西？我提醒自己。熱水瓶裡的水夠燙，廉價茶袋一沖下去就散出了碎末，也還能泡出那麼一點似乎繞在鼻底的香氣。

艙壁上的一方晚霞漸黯淡了，暮靄開始煙霧一樣飄流過窗框。伸頭出窗外，你可以看見航行的船身在河面划出鱗羽形的水紋，低矮的山巒隨漂流的暮靄綿延，滋潤柔麗的南方山水，據說血色改變水色的殊死戰役就不止一次發生過在這裡。

麵餅很硬，咬起來頗費齒力，使人懷想起台北街頭的硬軟完美的蔥油餅蘿蔔絲餅潤餅來，味道則單純而粗獷。一個嚼完便已足夠，其餘就讓它原樣封在塑膠袋裡吧。我從背包找出牙刷去廁所，回來後便準備歇息。

沒有睡意，離入夜還有一段時辰，我找出上岸前買的報紙，脫去鞋子斜靠在鋪蓋的一頭，就著壁燈的微光，一頁頁翻讀起來。

這麼讀著讀著，眼皮竟沉重了。

艙門上響起悉索的聲音，隨後門輕輕給推開了，正懊惱服務生又不敲門時，一前一後進來兩位女子。

沒料到裡邊已經有人，二人露出意外的神情，不好意思地連聲說對不起。

在船上迷失了方向走錯了艙位，好不容易總算是摸索到了這裡。原來是母親帶著女兒旅行。

母親看來很年青，和女兒更像是姊妹。二人上身都穿著一式的寬袖白衫，外罩深色背心，下身是長裙。裙色女兒是水紅色，母親是天青的，幾樣簡潔明快的顏色搭配得俗麗又生動。純色衣裙的腰間各自繫有一條寸寬的五彩圍腰，花葉圖案織繡得細緻美麗。

她們都披了一件短披肩。

讓我來說說這當地人稱為「披星戴月」的披肩吧，我見過的民族服飾中最有趣的要算是這一件了。它的正面是寸寬的兩條白肩帶，在胸前交錯，然後繞腰繫在背後。帶子越肩接上一塊上好黑羊皮揉製成的肩坎。肩坎周邊鑲著同色絨邊，上方各有一個約兩寸直徑的圓盤，下擺七個小圓盤一字排開，這些都用繽紛的彩線精工繡織而成。

不消說，和本地每事每物一樣，九圓圖案背後也有個奇妙的傳說；據說從前有一個凶狠的旱魔，放出了八個太陽，和天上原有的一個輪番灼烤大地，黑夜不見了，江河湖海都乾涸了，人間是一片焦黃。後來出現一位無畏的姑娘，一口氣吞下炎炎九日中的八日，在腹裡弄涼了它們再吐出來，其中一日變成月亮，其餘七日變成七個並列的星辰。為了表彰姑娘的英勇，神明賜給了她一件就是這裡的「肩擔日月，背負星星」的披肩了。

身上豪美，頭上一樣慎重，女兒是兩條烏亮扎實的辮子，尾端繫著紅頭繩，母親的一頭黑髮編成繞頭的一粗圈，髮裡纏著青花藍的——這裡人最喜歡的顏色——的絲帛帶子，在頭後打結，一路垂到了腰。

如此的盛妝美服，是為了參加什麼隆重的慶典盛會麼？手上沒見行李，想必是附近的居民了。

水瓶的水仍夠熱，可以再泡杯茶，塑膠袋內還有餅。

母親謝了我，和女兒共用另一個杯子，接過食袋謝了又謝，遞給了女兒。

「從外地來？」現在母親坐在床緣，一邊吹開散出水面的碎花瓣，一邊禮貌地問。

我說是的。

「還習慣吧？」

我解釋以前在這裡住過一段時間。

「是嗎？」她高興地說，「妳是本地人了。」

女兒坐在母親身邊，從塑膠袋裡取出一個餅，其餘放在膝頭，兩隻手拿著，一細口一細口安靜地吃起來——硬度顯然不是問題，偶然轉過頭看母親說話。

清秀的五官不見脂粉，蜜色的皮膚平緊而自生光澤。眉毛看來像是用心地修過，人說的新柳或遠岫的眉形應該是這樣的了，配著線條同樣簡約的單眼皮，眼睛給襯托得瞳黑眼白，愈發清純明亮。偶然露出還沒被煙氣燻黃或者酒色染黃的小白牙齒，典型的明眸善睞皓齒的原鄉女子。

執餅的姿勢很好看，那是因為手指好看的緣故。花季少女的一雙手，手面一點瑕疵皺紋都沒有，玉似的手指皙白圓潤，或許人可以用各種方式讓臉不見老，手卻是藏不住祕密的。這麼美的手指，難怪繡得出披肩上的巧圖。

也是去彼村吧？我轉過頭來問母親。

母親說是。

趕會嗎？只有慶會才值得這一身裝飾，不是麼？不過這只是我的猜測。

「對暖。」她露出歡喜的神情。

我也很高興，問她去的是否也是豐年祭。

可真是一年一度最熱鬧的日子了，她回答。

不過不在同一處。

那麼在哪裡？我問。

在玉龍山腳呢。

啊，我知道玉龍山的，那是一個脫塵超俗、美麗絕倫的地方。

「不是很遠嗎？」我說。

「不，」她說，「不遠的，你看，不論你走到哪裡，從哪裡望，山巔都能望見的？」

嗯，是的，就像你到了宜蘭、花蓮，從哪個角度都能望見中央山脈一樣。

「是怎樣的一種聚會呢？」我問。

「噢，」她說，「也是要點大香的呢。」

帶上蜂蜜牛奶酥油，水果鮮花，吹笛吹笙彈簧片，對歌圍舞一整天。她說。

然後呢，我問。

「到了那裡，只要到了那裡，」她笑起來，「然後，就會有一輩子的好日子了。」

是的，我知道，那是許諾了生命永遠年青，愛情永遠熱情的地方。

「真的？」我只是笑著重複她的話，「然後就一輩子有好日子了？」

「可不是嘜，你真心誠意，白天晚上，念著記著，」她說，「只等那一生一世只遇一次的緣分哪。」

她的兩頰紅亮起來，出現了一種神采。我想起我的對宗教熱心的朋友們，每當他們談到他們的教友活動，尤其是規勸旁人一同參加的時候，臉上現出的神氣。經濟生活充裕、教育水平高的我的這些朋友們，如果說宗教活動是一項除了瑜伽網球高爾夫麻將社交以及環球旅遊以外的為了寄託或消遣逃避的另一個選擇，自然不公平，而且這是用懷疑的態度來揣度信徒們的誠意了，可是如果認為對虛空生活的惶然，對孤獨的畏懼，對生命倏忽無常的恐懼等，督促人們——包括我自己在內——禮拜天走進教堂或寺廟，用身在人眾的虛擬的安全感，借點燭燒香、祈禱念經頌唱等的驅魔儀式，趕走這些憂鬱症的潛伏因子，取得某種安心，應該是離題不遠，或者是不須直說的主要原因吧。

然而於她，她說得這樣自然，無論和宗教信仰有沒有關係，卻像是生來的想法，油然的感受，活著只為做這件事而已。

我是不信她說的神話的，它存在於華麗的語言中，沒有實質，然而不加懷疑全盤接受，冰清玉潔地相信它，卻讓我感到凜然；不但是身體，她們的精神也穿著盛裝，我甚至歉疚地羨慕了起來。

若是有了這種天賦的熱情，日子卻要單純輕鬆許多，不正是一種可遇而不可求的幸福了？

我開始不知怎麼接口，唯諾支吾。想必是以為對方倦了，她自己收住了言語。

二人同睡一榻，上下不方便，我騰讓出下鋪，她謝了又謝。

「不會太擠吧？」我禮貌地關心。

「沒事，天亮就到了。」母親說。

「請順手關燈，晚安。」我說。

艙內驟然黑下來，一小塊夜光原來始終亮在地板上，一直靜靜地聽著我們說話呢。

窗外霧靄已經消散，乾淨的靛藍色天空閃著幾顆星子，月亮不知在哪兒。馬達聲朦朧地卷在水聲裡，河面有漁人點燈撐竹排，身旁佇立著忠心的鸕鷀鳥。鏤花面紗似的魚網朝美麗如臉的河面撒去，向著透亮的夜光。

守夜的哪位水手在船頭彈二弦，弦音帶著淡淡的哀愁，訴說著久遠的故事——從前有個美麗的姑娘——夜是這麼的溫柔。

誰在唱呀，從下鋪傳來歌聲，細細的，有時低微得聽不見了，有時又挑亮了起來，稚氣的，憂傷又帶著點甜蜜的，想念的，一首小曲。記下在筆記本子裡吧，我有支尾端帶電光的筆。

遠近水面零星漂起了曖曖閃爍著的光點——是殉情愛人們和沉河女子們的眼睛麼？一一每人都在溫柔的歌聲中睡著了。

內外沉靜，天色灰濛濛。盥洗室還沒開始擠呢，我提醒自己，拿起綰在腳邊的外衣和手袋，扶著鐵欄躡手躡腳翻爬下來。

鋪蓋平整疊在床尾，上邊擱放著恢復原狀的枕頭——下鋪沒有了人。

什麼時候起來的？什麼時候離開艙？是性急早早去了甲板，為了趕在別人前下船嗎？這樣做是很有必要的。

不等大亮世界就重新噪聒起來，喊話聲，呼叫聲，又是一片勃勃生機欣欣向榮。昨晚送熱水瓶的女孩子再出現艙門口，梳著整齊的辮子。

「另兩位旅客去艙外了嗎？」我問。

「什麼旅客？」她說，一邊把熱水瓶放在小車的底層，茶杯放去上層，剩水倒進掛在旁邊的一個塑膠桶裡，手腳熟練利落。

「你運氣挺好，昨晚一整艙都歸了你。」

「下鋪睡了兩個人的。」

「是嗎？」她不經意地回答。

的確半夜進來了兩位女子。

「是嗎，不成是偷渡的傢伙，乘天黑水淺跳灘了？」她笑著說，並不當真。看出我的迷惑，她說，「這事不稀奇，我們這裡人都識水性的。」

我問如果捉到了會是怎樣的處罰。

「沒事，船不擠，何況熟人帶上來也有可能。」

別好心，我在心裡嘀咕，怕不就是你帶上來的，只有你知道這艙有空鋪。嗯，一定的，辮子可不也扎著一樣的紅頭繩！

「就上岸了，東西都拿好。」收畢離開前，她善意地提醒。

記憶游離起來，昨夜的確有兩位女子進來；沒有人進來；確實跟人說了話；沒跟人說話；發生過；沒有發生過；難道是日思夜夢，夢裡自問自答不成？

啊，筆記本，我想起來，提醒自己，是的，文字記實，可以確證。

來回翻找到那一頁，果然清楚地記寫了——

封鎖了眼睛，能看見你。

蒙蔽了耳朵，能聽見你。

沒有了腿腳能走向你，切斷了手臂能擁抱你。

摘取了心，頭能認出你。移走了頭，心能思念你。

在我的身子裡燃燒，就用我的血液承載著火焰的你。

是女兒的歌詞還是他人的詩文？是昨夜聽記下的還是以前抄錄的？

一句接一句，禱詞、經文、頌歌一樣的咒語，發揮綏靖功能，安撫著各種各類的悲傷、抑鬱、惶恐、憂懼，混亂，和熱情。

乘船走到水深的河心，牽手從甲板翻入水，做了和祖先們一樣為河水添增眼睛的事情，我並不會覺得驚奇，或者要去偽善地惋嘆些什麼。問題都留給專家們去追究吧，於我，她們的故事很簡單，而且不需再次說明，走在她們前面的人已經為她們一一陳訴清楚。

不過這樣落入水裡，就要辜負了那一身的美服了；多少日月星辰，多少光陰，宇宙的天長和地久，都編織在針線裡，載負在背脊上哪。

或者這又是我自己的胡思亂想了；我應該相信熱水瓶服務員的話，那是要扎實得多的——不買船票的偷渡客，乘黃昏天色渾暗偷偷上了船，等船開航了，又偷偷溜進一間有空鋪的，另一個乘客是個愚蠢的外鄉人的艙房，有吃有喝有睡的舒服過了夜，等近岸水淺天還黑摸摸的，跳船踏灘上岸去了。據說這種事這裡常有又不勝防，難怪服務員都懶得管了。

而我再來水域不過是為了豐年祭，這一年一度的盛會，聽說附近各族鄉民都會趕來一同慶祝的。男子們會扎著新漿洗的包頭，戴著漂亮的半卷邊氈帽，腰挾小刀，手牽牲口，攜帶了特產藥材和樂器等。女子梳起烏亮的髮髻和辮子，耳上頸前綴滿琳琅的金銀珠玉，無論是短衣長裙顏色都配搭得鮮明又艷麗。

除了前邊說到的七星披肩以外，你會看見另一件服飾又不能更亮眼，就是全銀打製的頭冠了。如果七星披肩數最有趣，銀冠就數最華麗，也是非得跟你細述一下不可的。

這是純銀用到了二、三十兩，製作程序考究非凡的精工手藝呢，從頭到尾費上個把月到幾年的工夫都不稀奇，打造過程中又非得心手相應，專心一致，不能有別的想念的。

首先你得通局都計畫透徹，圖飾都描畫清楚了，銀塊砸碎，放在鉗鍋裡加熱融成液，灌進大小上百個銅模裡，塑出各式各樣的花案。然後依圖稿你得一一反覆校對，每件都要磋磨得玲瓏輕巧栩栩如生，模子塑不出的就要用巧工細細雕鐫出來，這部份最見創意。花案則要包含日月星辰飛禽走獸魚鳥花卉草蟲，自然界你能看見的都得在內。

焊接工程決定整件的形狀和規模，一下手就不好再改動，重要性和艱難度就不必說的了。焊劑的配製、火頭的溫度、鑲嵌的位置等等都要拿捏恰好，各現神機，靠才分和經驗，還有特別靈巧的手指功夫，不是看譜看得會的。

銀鏈銀鉤銀絲銀圈等都齊備了，現在要以無比精準的手藝和耐心，開始焊接和連綴，一片片，一簇簇，一層層，一疊疊。

朵朵的花蕾，婆娑的枝葉，纍纍的果實，跳躍的草蟲，振翼的禽雀；百鳥朝鳳，蜻蜓點水，池魚相歡，蝴蝶沾花，蟋蟀鬥角，各式各樣亭亭嬝嬝，搖曳一下就熠熠生輝，輕碰一下就叮噹響在了一起。

在各種憂鬱症因素圍襲的生活中，集中精神鏤嵌一頂華冠，和那七星披肩一樣，它也載盡了宇宙天地人間的精神。當地人家沒有家裡人不自殺的說法或許還有待證實，每家人就是千方百計不顧一切也得備出這一頂銀冠卻不假，而且和前者一樣，這習慣也是古往今來代代相傳，不管家境背景的。

你一定能想像原鄉女子，尤其是年青的姑娘們戴上它時有多麼的標致了，那是人人都變成了下凡天仙，個個都美得像公主新娘呢。啊，是的，豐年節正是和有情人相遇，締結良緣，某日成為新娘的首選時光。

投崖落水或許使愛情崩解了消滅了，在冬天到來前的這一個歡慶的好日子，愛情又將在滿懷的希望中新生和萌長。

願她們平安下了船，一路順風，趕上了她們的盛會，玩得歡欣暢快。願她們到達了花不謝果不落的目的地，遇見了有緣的夥伴，完成了心願，獲得了永生的幸福。

這次再來，自然又有很多事物要見識觀賞品嘗的，食物中的一件是上回錯過了的叫作「玉指」的漬菜。說是把秋收的上好大白菜去葉留梗，切成長短粗細一個樣式，裝進小陶瓮，沁在乾淨的鹽水裡三五天，一條條整潔的青白菜梗透出晶瑩圓潤的光澤，玉似的手指一樣，就得了它很美的名稱了。

（原載《短篇小說》二〇一三年二月，第五期）

三月螢火

同情開始滋生，帶著一點親切的憂傷從心中
涌起，這叫人吃驚，怎麼會有這樣的感覺呢？
這不是沒有了很久的一種稱之為鄉愁的東西嗎？
是的，很久以前，當理想還沒有放棄，
意志還沒有繳械，生活還沒有被官能統馭的時候，
是曾有過一段人與周遭事物密切相應
的敏感時光的。

下班以後佇留「夜光」，莫非是想沉澱一天的渾濁心情，至少獨酌時間不須和問題正面糾纏，或許情況會鬆軟下來，自動消解，靠惰性將一切回復平常，我是這麼希望的。

文編工作雖然坐在安穩的辦公室內，未必沒有辛苦的一面，你得讀不少不想讀不願讀的東西，校閱一天下來常把人的性情都改變了，遇到必須把平庸當卓越、無味當有趣來處理的時候，更是怨起了作者，恨起了自己。民主時代的文字事業不再受制於政治禁忌，卻要取悅於市場，我們得奉承暢銷作家和購買力強的年輕讀者群，追隨時尚題目，配合庶民趣味，提倡輕鬆愉快的寫法。在崗位上做得愈久愈順手，對著辦公室滿滿堆放著的從書店一下架從記憶就消失的琳琅業績，愈覺得生命在無意義中的耗費。

正覺無奈的這種心情，在一個午夜夫人把我搖醒，突然要求分手時，所感到的意外和委屈也就可想而知了。我不明白夫人為何有這樣的念頭。既然身為本城文化人士，自然時有女性主動提出優惠，只是這類關係耗時費力，新鮮勁一失終究也是乏味的。事情避免不了，我卻沒當真過，每天照舊回家，薪水自動上交，對夫人的情感多年來基本上改變不多，以本城標準應該算是個好男人了。我知道夫人只是試探威脅而已，不會真正訴之於法律行動的，婚約生活若是到了每日飯桌上相對無言而想啟動什麼興味的時候，莫非靠在男女關係上翻弄一些花樣來翻新一點熱情罷了，只是意見由夫人而不是我提出，晨起面對鏡子時，不免使人對鏡裡那人起了懷疑。

煩惱轉成挫折感，轉成一種疲憊，一種索然。所謂人的沉淪不可避免，就是在滴水穿石的日常生活中，曾有的信誓一點點地消失，在你發現時，卻已無法扭轉或回頭的事了。

「夜光」偏離大街，隱在一條巷子裡，門口沒有明顯的店面，除了多出幾盆盆栽以外像住家一樣，自有一種身在市井心在幽徑的風味。據說店主出身世家，卻不想擔當什麼大業，無所事事之餘家裡給錢，就開了這麼一間賺不了錢的飲店。我和一位前任同事有陣子常來這裡小坐，他已因精神方面出現統合問題出國休養了，我接下的總編位置正是他空出的。這位同事一向以理念高超業務嚴謹為業界所知，我之能遷升自然要感謝他，至於認真到把自己弄出了精神問題，卻是我深引以為戒的。

這種時候，飲客通常只有我一人，頗具紈褲子弟灑脫的老闆收集古典音樂唱片，常會放上一張弦樂獨奏或者交響協奏之類，黑膠唱片播放的時候常會帶著喑啞的底音，反使音色更加淳厚深沉，流動在空著的桌椅之間，很是適合夜歇的心情。

我常坐在靠牆的最後一個卡位，斜對著一扇長窗，窗外有一小片狹長的庭院，泥土地面和六七尺外的防火牆的裂縫抽長著厥類植物，這邊依窗攀爬在防盜鐵欄旁側有一叢垂枝薔薇，暮冬的這時仍綴著暗紅色的一兩朵花，靜靜佇立在鐵條間，別有一種安逸的氣質。頂上天空狹窄，可是夜晚走到某時，月亮走到這片天頂，落下一條窄光，庭院就會舞台似的幽幽亮起來，窗框反映爍光，羊齒和薔薇就顫顫瑩瑩的像生角了。

和氣地打過招呼和拿來飲料後，老闆就進去了後頭。協奏曲幽幽流動在鬱黯的空間，白日的虛妄倉皇逐漸消退，一種暫時的安然慢慢匯聚了。

他應該是坐在那兒已有了一會我才發現的。似乎和我有相差不多的中等身材，不過比我瘦削。低頭坐在角落裡的身子幾乎沒入了角落。兩肘擱在桌面，合手圍著杯子，偏暗的室內燈光沒有照亮反而恍惚了他的五官，髮披額前愈使眼眶陷落，只覺得顏面遍布著陰影，而骨的感覺很是明顯，額頭的骨架，眼眶，鼻梁，顴骨，頰骨，處處是骨，加上坐姿聳出的喉骨、肩骨，從這邊看過去，像似看見了一幅畢卡索的藍色人物畫像。好朋友開槍自殺啟動了畢卡索的藍色時期，自殺事件發生在一九〇一年一月，後半年畫家也陷入極嚴重的憂鬱症，其間倒是出品了一系列無與倫比的動人畫作。跟自己過不去以至於弄出事情來的例子在西洋藝術裡層出不窮，我們華夏作家、畫家們只跟社會、政治糾纏，不跟自己糾纏，確是輕鬆愉快得多。只是跟他們比，我們的藝文水準總像是少了幾分深度，難道就是因為少了點憂鬱症的緣故嗎？

就是從外表來忖度，這鬱黯的相貌和本城市民的肉欲貪婪真是不搭襯，顯然這是個如果不是從外地來，就是屬於另一種時代，或者說，生錯了時代的人物呢。只是現實生活裡不該讓他出現，文藝的世界倒是非常通融的，如果你還記得，諸如舊俄小說裡的無政府主義者、流浪人，二十世紀文學常見的熱血知識份子、社會改造青年、革命烈士等，虛無主義者、異鄉人等，不都是這樣和我們的世界格格不入，隨時就能變成精神病患或者向自己開槍的人物？啊，文藝的幽靈們，以何等的敏銳和苦鬥留下了啟示錄一樣的記錄，使我們在世間矇混過日子的時候，昭示了另一種存在。

峻峭的骨架載負著的眉眼鼻耳等，都由牆燈的燈罩截斷了光源，一齊游離開臉表，流浪去了室內的暈暗空間。這一張年輕又蒼茫，空無又深藏的臉，十多尺的距離外，一時竟使我感動了起來。

同情開始滋生，帶著一點親切的憂傷從心中涌起，這叫人吃驚，怎麼會有這樣的感覺呢？這不是沒有了很久的一種稱之為鄉愁的東西嗎？是的，很久以前，當理想還沒有放棄，意志還沒有繳械，生活還沒有被官能統馭的時候，是曾有過一段人與周遭事物密切相應的敏感時光的。

是的，他如果不是從不切實際的書本裡，就是從一個不屬於我們的世代走過來。直覺告訴我，他必定載負著故事，難道他是特地為了我而出現，以便助我一臂之力麼？

眼前站了人，他抬起頭，從什麼地方醒過來似的，現出詫異的神情，往前坐直了陷在牆角的身子，略傾斜了頭，用骨長的手指把額前的披髮掠去一邊，露出怯生生的笑容。

身子這麼一移動，頭臉進入了燈照的範圍，原來唇形很好看呢，來到特別秀氣的這雙唇，臉顏意外軟化了起來，到底是在這裡，比女性還更柔和細緻的線條平衡了別處的崎嶇。

微笑時它們綻出一隙黝黯的縫隙，似乎透露著溝通的意願，當我坐下在他的面前，我是這麼覺得的。

簡單自我介紹後，我禮貌的問從哪裡來。

「從外地。」他說。果如我所料。

「哪裡呢？」我從菸包抽出兩支菸，一支遞給他。

「很遠的地方。」他說。

「國外嗎？」用桌上的火柴替彼此都點著了，我說，「回來還習慣嗎？」

「我是這裡長大的呢。」他和氣地說。

原來是一個歸鄉人，看他的模樣，外地生活似乎不太得意，大約是走了一圈經過一些事物後，倦鳥一隻回來了。

迴避了人的注意，我躲身在樹後一個隱蔽角落，視覺焦點是家門。因加班而不在家的夜晚，夫人一個人在做什麼呢？她會打扮得特別美麗，換上漂亮的衣服，裹進一件不顯眼的外衣像連續劇裡一樣閃走過隱祕的街巷，去做我不可知的事，見我不可見的人嗎？夫妻弄到想分手，除了情感出岔以外不會有其他原因的。

沒有動靜，二樓的玻璃門到了天黑就會伸出熟悉的雙手將窗帘合上，而燈光總是午夜不到就熄了。但是這不能說明什麼，人可以到家裡來——我是分不清這棟樓內誰是住家誰是來客的——或者他早就在屋裡了。他的樣子比我體面嗎？他各方面都比我成功嗎？

我本能地看向角落，他坐在同樣的位子。或者他也是常來此店的，沉湎在自己情緒裡的我，只是現在才發現了他。

這麼晚，也是一個人，難道一樣是畏懼回家？那麼我們是同病相憐了。

「告訴我，去了哪些地方？」我問。

「很有意思的地方。」他說。

「說說看。」我說，「我也常在外頭跑的。例如香港、澳門、上海、新加坡、馬來西亞、美國。」我跟他數起來。

「可真是不少地方呢。」他應道。

「都是為了業務而已。」我告訴他。

「你的工作一定很有意思了。」他說。

正好相反，我說，而且對旅行的興趣我也不大。

下班時間一種隱約的期待在心中滋生起來，取代了慣有的頹憊，我匆匆收拾了桌面。

的另一夜的對坐。

夜店的一角，各據一個座位，各擁一杯飲料，二陌生人開始了以後持續了一段時間

「外地，」他到底告訴我，「就是一個看守所了。」

「啊，這樣？」我說。果然是有意思的地方。

有點意外，但並不驚奇，一位朋友就曾在那裡關過好幾年。

夜光來到一線天頂了，因為你可以看見庭院又像戲台一樣幽幽地亮起來。

曾經是一棟神祕的屋舍，那森嚴的高牆經過的時候每人都要一邊畏懼一邊好奇的多

看幾眼。現在從裡頭走出來了親歷的人。那麼，是什麼原因給關了進去的？高牆的內裡

是怎樣的地方？半夜聽得見從深裡傳來的嘶喊嗎？受過刑嗎？問題開始排隊等在唇邊，

一個個問號浮現二人對坐的空間。

然而他的瘦削的臉發出一種奇異的力量，像盾牌一樣把問號一一截擋在半空中；我

一個問題也沒問，他不是已經在用沉陷進了自己身軀內的陰翳回答著我了嗎？

我開始絮叨起自己來，內容無非就是前邊提到的工作的瑣鄙、人事的挫折、環境的

頹廢、婚姻愛情朋友同事等等的人情的荒謬了。

他常低著頭，用骨長的手指攏著杯子，耐心地聽著。我的故事終究是無趣的，說到一個程度自己也住了口。

沉默進入對坐的空間，兩點紅色的星火明明滅滅，吐向彼此的裊裊白煙恍惚了彼此的面目。

不過是參加了一個地下聚會，傳看了一些禁書，撰寫了幾篇信誓旦旦的文章罷了。他告訴我。

可真是從遙遠來，從一個以為光憑理想和意志就可以改變世界的時代呢。

「什麼事也沒幹的。」他說。

是的，我明白，那是一個什麼事也沒幹就隨時人不見了的年代。

「不過學業中斷了。」他說。念的是哲學。

「你可以再回學校。」我說。

「那沒用的東西，還要再念下去嗎？」

的確，一點也不錯！我們都笑起來。他的笑容在憂鬱中有一種讓人心動的怯澀和單純，關在裡邊倒是讓他避過了世代的汙染，怕是也有好處的。

「我的意思是，」他說。「沉湎在過去裡沒有什麼好處。」

巷子裡沒有人認得出因工作關係晝伏夜出的我，我更不認識他們。那麼，這樣躲在公園樹叢後是為了什麼呢？我問自己，要認證夫人的貞節？還是期待她出軌？其實後者更有趣，它是可以讓人興奮到重燃愛情之火的。

我沒跟任何人提起遇見他，包括了夫人。和一個出現在偶然也會消失在偶然的陌生人成為知音，成為某種外人無法了解的友盟，道理其實很簡單，正是因為彼此都不相干，在全然的陌生上可以建立起信任，至少我這邊是這麼想的。你不用擔心說了的話一轉身就變成諷謗你的一手資料，石子一樣向你明扔暗擲過來。人的交往常是表面融洽和諧心裡卻巴望對方下一步就摔跤，摔得愈重愈好的。同情災難不難，尤其是隔岸觀火幸災樂禍，分享成功卻頗需要氣度，你不能否認，無論人際關係是否親和密切，嫉妒是普天下人人皆不缺少的最具動力的本性了。

我開始等下班的時間，比等一位新情人還期待。

時有時無，有頭沒尾，更像自說自話，我們的對談總是這樣在進行，又以無話為多。

「裡邊的日子是怎樣的呢？」一次我問。

「開始的時候還寄望著明天，後來只有三餐最實際，這頓吃完了指望著下一頓，每天都是餓著的感覺，日子就這麼過下去。」至於能夠提前釋放，是因為一位政界的長輩動用了關係。

「沒送去外島算是幸運的。」他說。

「你知道，」我想起來，「據說看守所後頭往下走，以前是個刑場？」

「是的，我知道。」他說。

他自然是知道的，我改變話題，「現在你在做什麼？」

燈影中的他不說話，「那麼想做什麼？」我問，「你不是會寫的嗎？」

「寫什麼？」他抬起頭。

「例如，裡邊的經歷，寫出來，讓大家都知道，不然不是白白給關了一場？」

「我不怕什麼人，沒有堅決的立場，沒人會相信的。」他說。

「如果你不想寫經歷，就寫別的，例如寫小說？」我是在說自己的心願了。

「寫小說？」他笑起來，「我已經不年輕了。」

「別擔心，一旦你成為本地作家，你就會變成永遠的少男少女。」我說。

「怕是屬於還有幻想的人吧。」他說。

「你可以發揮作用的，很多人在等著你發言，等著你行動，這是你的資本。」我想起此時正在場面上叱吒的一些風雲人物了。

「過去了就是過去了。」他說。

「你得主動加入，否則沒人會理會你，如果你不能提供實際有利的東西。」我說。

「這個社會已經什麼都不再需要了。」他說，「我能給這社會的，這社會能給我的，都已經變成零。」

「或者本來也就是個零罷，其實是從來都不需要你的。」我說。

「都不過是自己的一廂情願，自己造出的現實，畢竟時間要來提醒你。」他同意。

「不過你還是可以有所選擇，不是嗎？」我說。

「選擇並不複雜，非此即彼而已。」他說，「追根究底，既然給生出來，只有活下去或者不活下去的問題了。」

「這麼說，選擇就只有一個，」我說，「別跟我說，你不想活吧？」

他笑起來，沒接話。

是的，一點也不錯，我想起的是一位日前自殺了的作家，如果他能和大家過一樣的日子，關頭上好歹或許能撐過去的。若是能俗一點就更好，以他那樣的才華和背景，豈不每天都是快樂時光？為什麼別人都能輕鬆享用名和利，而他卻要這麼認真，這麼苛求自己呢？

「那麼他可算是個讓人凜然的烈士了。」他說。

「可是現在早已不是殉情的時代了。」我說。

弦樂婉轉流動在暗澹的空間，莫札特G大調第三號，來到第二樂章時尤其動人。據說作曲家寫曲時不過是幼稚的十八九歲，難怪抒情得這麼清純，二十多歲的抒情就已經是混濁的了。

我放棄偵察；夫人有沒有情人，或者能不能等到夫人的情人，都是沒有意義的。她有權利做任何事，無須顧慮什麼，放出話後更是超越了我，從我的背脊上昂然往前走了。採取主動的人一向是勝利者，躲藏在這樹叢後的怕誰看見，或者更是怕看見誰的我，是個徹頭徹尾的愚蠢的失敗者。卡夫卡的薩姆沙是在臥室門後變成了一隻大蟲，我是在這葉刺扎著手腳的樹叢後。

「人是無能為力的。」一夜我說。

「你不是才說過，只有一個活下去的問題？」他說。

「是的，不錯，人世間的情況沒人能改變什麼，你只能過日子，讓平庸一步步腐蝕你，只能任由它去，一點辦法也沒有。」

「平庸的力量不正是在腐蝕你的同時，也在拯救著你麼？」他說，「別這麼消極。」用放在桌上的手，他輕拍了一下我的手背。

理應被安慰的人，倒是來安慰人呢。

雷雨後空氣特別濕悶，水氣從窗隙侵入室內，從鼻孔沁入肺腑，窗玻璃朦朧成毛玻璃。庭園恍然隱失，植物的形狀和顏色融化了，不曾動搖的是攀爬在窗櫺前的薔薇藤，線條輪廓依舊明確。

入夜氣溫驟降，霧消散，視界意外清亮起來，羊齒重新展放齒輪，在雨霽的迴光裡盎然。

渾暗的地面這時忽然出現了小小的兩點光，咋明咋滅地上下顫動著。我們用手掌抹去窗上的水氣，把臉貼近玻璃。

喂，是兩隻螢火蟲呢，他高興地發現。

「古人把螢火放在鏤空的容器裡做夜燈，這美是美，只怕會撞上牆壁，落入水溝，折了手腳的。」他說。

「也會弄出近視眼來。」我同意。

「三月腐草為螢的說法也是很美的。」他說。

「農曆二月是陽曆四、五月的初夏了，這兩隻來得太早，春天忽暖忽寒，禁得起嗎？」他說。

一夜他告訴我他要離開台北了。

「去哪裡？」我問。

一位老同學在某山區工作，要他過去住一陣子。對方說一個人在山裡過日子滿寂寞的，他卻明白這是知道了他出來後無所事事而生出的好意。

朋友原本是懷著滿腔的熱情自選去了外地，後來發現人事作風習慣等和城裡相差並不多，可是山中交通醫療等方面都很不方便，颱風季節聯絡中斷就更不用說的了，請求調職卻一時沒空缺。

「這種事很普通，我也知道幾個例子呢。」我說的是事實，沒有潑冷水的意思。

「也許那裡會出現什麼機緣。」他說。

「決定了？」我問。

「那麼就去看看吧，不行就再回來。反正你家在台北。」我說。

「山裡生活簡單，花費少些，想必工作也輕鬆的。」到現在他還是母親偷偷補助，政界的父親則是要他出國改念法律或商職，否則就自力營生，早把話說明白了。

「不知工作的地方近海麼？」他說，常會想念起凌晨時候漁光點點的金山海灣呢。他說。那是很久以前的中學畢業旅行的記憶了。

「你真要去嗎？」我竟有些依依起來。

店老闆從裡頭走出來，要打烊了。我們盡了杯底的酒，穿上外衣，推開門，照例一起走過巷子。

雨霽的空氣隱隱飄散著初春的樹香。我們聽著自己的腳步各自響在潮濕的瀝青路面。在巷口我們最後一次道別，互祝好運，向相反的方向走去。

他告訴了我地址，但是並不確定自己究竟會安身在哪裡；我也給了他地址和電話，這些是否持續有效卻很難說。我們都不期待再見面。

午夜的街道，關著的門窗仍有幾扇窗扉透露著暈黃的燈光，零零星星的顯得寂寞又遙遠。路燈靜靜豎立，燈泡周圍一圈光暈在顫抖，騎樓的檐角在清亮的夜空伸展著洛可可風的螺花，向夜行者傾訴著它被遺忘了的美麗身世。這從來沒有好好看過的每日走過的街道，在寂寥的夜裡，向我坦陳了它的肺腑心事。

夫人已經睡了，門邊小几留著一盞燈，除了燈光能及的方寸之地，室內其餘都隱沒在黑暗裡。夜光從窗口經過紗窗進入室內，仍有足夠的光度照出了桌椅的把手，收音機的轉鈕，電視的天線，茶几上的合照的鏡框，凡屬金屬性的都眨著詭祕和懷疑的眼睛，窺視著夜歸人。

空靜的室內，空著的桌椅，渾暗的壁燈，燈下他那畢卡索藍色時期人物畫像的姿影，常翻新在我眼前。一次我們聊起從台北怎麼去山中，談到五分車的由來時，他曾說起他的入山計畫。

「五分車上不了山，得換客運，下車後還得等朋友騎機車來接。」他說。

某日他將坐縱貫線向南走，到達某站，轉換方向，在某站下車，改坐客運，入雪山山脈。

這一程需要大半天時間，我可以放下手邊的工作或者交給助手，請一天假。當他在候車室，月台上，或甚至於客運的座位上看見我時，一定會略斜了頭，把前額的披髮拂去一邊，露出我熟悉的怯澀的笑容，為意外重見而驚喜。

想不到我是這樣惦記他，關心著他的去向和安危。

他只告訴了我大概的旅程，用隱形墨水畫下的地圖需要顯形，連出一站接續一站的清晰的路線。我研究了一下鐵路局地圖——從台北出發，向南走，從某城坐到某城坐到某城。轉換支道。經過一個濕地。

雖稱為海線而且與海岸平行行駛，離海卻有一段距離，坐在車內其實是看不見海的。窗側飛駛過的是樹林和樹林，萌發著春夏交會這時的各種層次和顏色。從偶然不接續的地方和暫時低矮的梢頭，很遠的天邊閃著一長條白爍爍的平行線，那就是海了。不用說，雖然看不見，海是緊密跟隨著你，而路程到了南段，它就會從一線延展成遼闊而空無的一片的。

經過了湖泊，之後不久，他的鐵路路程的最後一站在望。只是一個小站而已，卻綰轂三方，是縱貫支線雙向交會的鐵道站，也是載客入山的汽車站。

空空的候車室，貼牆的木條座位上沒有人，售票窗台的木格後頭也沒有人，看來客運車票得上車買了。累積了一天的悶熱滯留在室內，牆角一台老舊的電扇歪頭藐視著你，汗不止地流，蚊子在頭上愈聚愈多，縈縈嗡嗡怎麼也揮打不走。

離客運車來還有一段時間，與其與蚊子奮鬥，不如去附近走一走；我拿起背包。

水泥路變成泥土路，變成碎石子路。樹多起來，遮住了天光，我能認出其中的相思和桐油。變成鋪滿腐葉的步道，變成野草蔓湮的小徑。礫石在腳步間軋響，腳下踢出了塌陷的枕木。沒有鐵軌，接續的部份仍舊一條條盡責地延伸，引出盡頭半圓形的黑洞，一座廢棄的隧道。

想必是時間淤積出了泥沙灘，不得不往內陸移線後，作廢了這通過隧道的近海的一截。

道壁的下半覆蓋著茸茸的苔蘚和細瘦的羊齒，上半保持完整，一種扁平的深紅色磚排列緊密又整齊，重疊出細緻的幾何圖案。殖民者用鐵路深入土地，吸管一樣吸盡被殖民者的血髓，可是他們做事的嚴謹你也不得不欽佩。

佇立在半圓形的蔭暗中，你可以感覺細風來回貫穿的陰涼。隱隱的轟隆聲空匡匡地回響，你把耳貼上冰涼的磚壁，聽到了送往迎來的往日的熱鬧，那是海浪擊打在空壁上的迴聲。

穿過隧道從另一頭出來，草坡上的小木房只剩下破損的外殼，門窗都不見了，裡邊空蕩蕩的什麼也沒有，大約曾是個信號站吧，長年荒蕪在蔓草中，外殼卻還保存，不過是因為，是的，因為拒絕遺棄和消滅，仍在持續放發著方向錯亂內容不明的訊號，等待過客如我。

而信號站的前方，蘆草的前方，濕地的前方，橫跨整個視野的是一片沒有顏色的平面，白日正依它而盡，在和它接觸的極遠方的那一片遼闊的面積，給予了它耀眼的光芒，那就是海了。

林中已經黯淡，昏暗的地面蔓草不時牽扯著回程的腳步，心中隱約不安起來，你別走岔了，我跟自己說，天就要黑了，這條沒人的廢路，沒人來救你的。

就在這時，黑暗的植被忽然張開了眼睛，晶亮的眼睛，時前時後晃動閃爍，點點這裡那裡的，愈走愈見多。眼睛湊過來，好奇地貼在你的手邊膝邊，鞋面，跟隨著你的腳步，數不清的明亮的小眼睛，親切地眨著眨著，眨亮了昏暗的小路。

據說雄蟲為了尋找沒有翅翼不能飛的雌蟲，發射求偶訊號，而等在隱角的雌蟲接到了消息，爬上地面，兩相互傳只有對方明白的暗契密碼，就產生了例如眼前這繁星落鑽流光似的美麗景象了。生物以勤奮的行動適應了生存的要求，應答的是人類對抒情的渴望。

提前季節，一路迢迢捨身飛過來夜店庭院的那兩隻螢火，難道能和它們互通訊號的伴侶藏候在庭院的泥土中？還是它們本就生於庭院，也就安然在狹窄又密封的空間去完成一生？無論如何，就滿坡的眼前盛況來看，弱小蟲子這一季的生命任務應該是安全完成了，而進行在積墊著腐草腐葉的小徑，他曾提醒的古人腐草為螢的說法，也有了一些象徵式的實證。

最後的天光下出現了車站，夕光全數灑照在屋頂，黑青色的陶瓦反射出奇異的如同召喚的光芒，造型簡單的建築原來是全木的結構呢，檐角、榫頭等是用木材的陰陽銜接道理壘落起來，不見鐵釘的，而雲朵形的斗拱上細線勾畫出的蓮花圖象則是簡拙動人，純樸中見精緻，這是城裡人的說法了。把蓮花從內陸河塘迢迢請來到海面前，鄉下藝師的巧手不過是為了心願要向海訴說，要海聽見罷了。

月台長凳上坐有候客了，祖孫模樣的婦人和小女孩。婦人抬起頭，跟我微笑算是招呼，抱起椅上的孩子挪出一些空位，要孩子別伸腳擋人。婦人身邊放著一個好看的針織包裹，雙頰刺著的也是幾何圖案。

「謝謝，免禮。」我說，走去一根柱子站著。

婦人替孩子拉正了縐起的衣服，手臂縮住她的背脊。孩子把拇指放入口，側臉攏進了婦人的懷兜裡。

林表閃過一陣晚光，飛起一大簇鳥雀，密密麻麻，為歸巢而鬧成了一團。

我的記憶可能不正確；他可能更動行程，改變主意。也許我會等到他，也許不會。我希望等到他，不期待等到他。再見他是運氣，不見他也並不失望。或許是因為機緣已經發生了作用，他不妨就讓自己消失也很有可能，不過這樣說未免太玄。

也許我只是找個理由跑一趟鄉下而已。我已經很久沒有看見樹林，茅草，蘆葦，濕地，沙灘，海，還有這一大簇一大簇飛過來飛過去，羽毛閃著光亮，在夕照的天空長聲對啾的鳥群了。

這些有枯紅色冠和金黃色腹羽的漂亮的鳥是什麼鳥呢？

邊替孩子揮打著蚊子，婦人邊唱起了歌，細細的聲音只為了自己和孩子聽，藏不住天生的滑潤清亮，不帶一點雜質，沒有掛念和憂傷，傳來這邊耳裡，聽著聽著，跟那夜店莫札特第三號一樣，也讓人聽得無名地鄉愁起來了。

月台那頭的渾暗現出背著背包的一個身影，一步步向這邊過來。我把手中的菸蒂扔去草叢，站直身子——

不，不是他，漸漸走近的是個皮膚黝黑的青少年，我等到的是一個背著書包的中學生。

我們聊起來。

「這麼晚才回家？」我說。

「有補習，到很晚的。」他說。他就要考大學了。

「想念哪個學校？」

「沒選擇啦，考上哪個就念哪個。」他說。

「考不上呢？」小孩面前不該這麼講。

他並不在意，笑著說，「那就糟了。」

「考完想做什麼？」我改口。

「啊，去旅行，去環島旅行。」他的臉亮起來，考得上考不上顯然不煩惱他。

「一個人？」

「一個人。」

「爸媽同意？」

「同意耶。」

「一個人不怕？」

「不怕，有準備好。」

用在準備旅行上的時間怕是比在考試上多的。

「那麼要特別小心。」我說。

「知道。」他回答。

「一路記得給家裡打電話。」我說。

「會的。」他說。

等候客運車的婦人和學生想必都家在山中林內，和他們一起進山很吸引人，我很高興這是他將遇到的或也會一同生活的人物，那該是一個比較單純而友善的生存環境吧。而我，除了增加麻煩以外，我對這些人不能有任何貢獻，我也不打算重複他那位朋友的經歷。

可是回家的路，回到荒蠻的城市的那一條路，也很讓人惶然和畏怯。

少年側臉站在夕光前，萌長中的青春總是美好的，令人羨慕的，未來是以怎樣的方案等待著他？在所有的不可知中，有一兩件事或許是確定的吧，那就是，世界不會因他遨遊回來而有所改變，而且不知覺間像科幻小說一樣他就站在我現在站著的位置，和我想得差不了太多了。

我記起法國電影《四百擊》裡的男孩子，劇終時，逃學流浪了一天的少年到底是來到了海邊，看見了海，在黑白電影裡起伏著的灰白色的海。

當他到達山上的工作地點以後，在晴朗的日子，從較高的立腳點，看得見海麼？

要用怎樣的詞彙來定義海呢？溫柔的靜抒的憐恤的瞭解的同情的？還是曖昧的不穩定的無言的冷漠的冷酷的？

海可以拯救你，也可以摧毀你。

叢林那頭響起鐵輪滾動的聲音，冒現龐大的頭首，蠕接上來一節節身軀，咆嘯聲中停止在月台前。

接上一個乘客以後，巨獸將再穿入黯夜，與唯一光源那看不見的海平行，繼續向南行駛。

（原載《印刻文學生活誌》二〇一二年十月號，總一一〇號）

建築師

阿比

她看得入迷了，身子輕盈起來，人從草坡上飄浮起來，
順著風向，迎向操場那一片淺淺深深的光芒。
她聽見空中回響著低沉的聲音：展開你的翅膀、
展開你的翅膀。她伸展開兩臂像翅膀，
瞳仁轉成鷹似的透明，凌空飛揚在燦爛又溫和的金光裡。

自古以來，人類就生活在理性和神性的二元勢力中。我們就說華夏歷史上兩者高度發展的春秋戰國時代吧，這時候的人常是一邊拜訪孔子、荀子、管子等，聽取做人處事的道理、學習律法規正行為，一邊又探訪神獸、星宿等，以解決前者處理不了的更麻煩的問題的。

這類例子舉不勝舉，譬如魏襄王一回作了一個奇怪的夢，醒來不知如何解讀而悶悶不樂。這事拿去詢問國師公孫樊只會招來一頓訓諫，魏王就夜深人靜易冠更衣，悄悄只帶了一個貼身親信，前去了森林。

啊，原來以治國手段為諸國敬畏的襄王退朝後，大家都以為他去了後宮消閒時，其實仍在一個蔽靜的所在，思考除了國事以外還有生命的種種不可思議的問題。而他最信任的諮詢者，不是博學的國師、不是擅論的智囊團或是喋喋的朝臣們，卻是深居密林幽壑的青龍呢。這麼一說，想必讓你記起華夏方圓的那一端，情況十分類似的英國亞瑟王的故事了，據說亞瑟為了統一不列顛群島，也是經常半夜前去深谷探訪巨龍的。而三國孔明的例子則更進一步說明人神二性不須外求，就存在於我們自身呢。孔明先生以神力召來江上大霧和冬天不吹的東風，因而改變了歷史的走向，那是連最理性的歷史學家們都不能不同意的。

第九號提案之所以脫穎而出，在於其他設計都以不規則形式、聳動性線條、奇峭結構，有意強調高科技時代的繁華任性多變時，它使用石和沙磚為材料，完整緩和的形式、簡拙的趣味，更能應對自然博物館與環境協調的公開招標條件。不過你可別高興地以為這是「與土地接近」、「沒有土地就沒有藝術」等主張取得了勝利。評審團之所以圈選它，主要原因是它用黃禿禿的，沒人要的本地石灰岩為建材，造價低廉，估計不該有其他應標案子顯然偽報低價，一旦施工就要不斷追加經費的危險。此外還有另一大家心照不宣的原因——博物館預定地偏離城市發展中心，交通不便，是塊長期無人爭奪的野地，無論上邊豎立起什麼，永遠都不會引起足夠的注意而對建築師的揚名有什麼好處的。

得標者是誰？姓名揭曉，雅比雷紅鳥——紅鳥，這是印第安人的姓氏哪，大家都很意外，想不到集美學與科學之大成，且須經過昂貴學院訓練的菁英建築學科，竟然印第安人也能涉入且具備競爭力了。更令成員皆是男性的評審團吃驚的是，這位「紅鳥」竟是個女人！

諸位先生們若能多念一遍這姓名，其實就不會少見多怪了。雅比雷，在印第安語中正是「巧妙的藝術家」。也就是說，雅比雷紅鳥女士打從一生下來，就注定要成為優秀的建築師的。

雅比雷紅鳥，不，讓我們稱她為雅比雷或者她的族人們稱她的阿比吧；阿比的身世，追究起來倒是滿有趣的。她的父母親是今天聚集在北美印第安特區的原住民凱炎族，祖父的祖父來自俄羅斯，而祖母的祖母則是我們華北蒙古同胞呢。阿比的背景再一次實證了冰河前後時期，美洲和亞洲北部大陸連接，而印第安民族祖先來自亞洲的人類學說法。

無論如何，既然公開揭標，不能收回成命，政府官員們、都市發展商們、專家們，只好由血統偏雜的阿比來負責自然歷史博物館的建造了。

以阿比為代表，從貧窮原住民人家的女兒，一路奮鬥成為菁英建築師的動人故事無須贅言，現在讓我們把關注放在她的作業上吧。

得標讓阿比高興了一天，第二天早上起來，對著鏡子她就收攏心思，跟鏡中人說，阿比阿比，你現在站在和別人同一條起跑線上，要拿出真本事了。是的，一旦來到專業的正式競賽場，所有受到優惠的種族、性別、地區、階層、歷史、發展、環境等等考慮，都該放去一邊，從保護傘下站出來，非得拚一拚建築學上的扎實真本領不可的。世界美學範疇無一項不由西歐決定標準，包括建築在內，是令我們不快的事實。無奈他們訓練嚴謹、成品精良，除了在這些方面比得過他們，是無法獲得發言權的。

就像一位苦練身手多年的武士終於等到了上場，長期孜孜於學業的阿比獲得這可遇而不可求的良機，也卯足精神準備一搏。

她明白大家口口聲聲建築歸建築、作品論作品，實際上無時無處不被注意的是她的背景身份。被當做個人的同時，她也會被當做群體的象徵，在專業競技之外，還背負著多重政治性文化性責任。別人順利完工便是成功，她卻出不得差池。別人優秀便可，她卻得卓越。她是多麼希望有一天，自己能被視為「建築師」，而不是「印第安女性建築師」哪。

面對了多重壓力，阿比的工作態度比誰都謹慎勤勉。她到建材廠查看每一條木材的硬度、每一塊石頭的密度，燒窯廠挑揀每一塊磚的厚薄和磚色。一大早就跟在水泥滾筒車旁，防止商人偷偷加水稀釋水泥。任何時候你看見工人在鷹架上，你就能看見戴了護帽的阿比也在鷹架上。事必躬親、錙銖必較二詞在阿比身上，再不能找到更好的解釋了。

然而世事難料，一切進行都在掌握中，偏在關鍵上出了問題。

是這樣的，自古以來，為了滿足人類對超升的嚮往，殿堂式建築必求廳堂屋頂越空挑高，以便製造闊綽的空間，上揚的視覺，使心志隨之昂奮躍升。在使用自然材料的古代，這是一項工程學上的挑戰。哥德式建築之享有盛名，就是因為它不但克服且還能利用原料的堅硬頑強，以高聳的肋架、拱頂、扶壁，修長的飛翼、懸檑，不斷使建築產生上揚又上揚的動勢，榮耀地達成了任務。

當代建築使用鋼板、鋼筋、混凝土、玻璃等可塑性強，隨時能順應人意的人造建材，不要說高屋頂，要怎麼飛檐走壁都不難。現在阿比使用磚與石，兩種材料在地面像盒子一樣往上堆容易，用來越空挑接什麼，遇到的麻煩就簡直不下於十二世紀哥德時期了。

阿比設計出螺旋式升級法，用精密的數字計算出磚石向上疊高時，層與層之間可容許的細微錯差，層層連續延進、相互依搭，漸次凌空而升，形成無梁覆斗式拱形結構。

我們這種外行人簡單地來了解它，應該是和用同一根絨線編織帽子的道理差不多吧。

原理是有根據的、步驟是可行的，各種計算都不能更精準。然而如果世界頂級建築師貝聿銘先生的波士頓漢考克大樓，可以因一陣風吹來，窗玻璃就紛紛掉落在數千尺下的人行道上，阿比在建造拱頂時遇到坍陷的問題，也就不難給予諒解了。

她回到工作室，把藍圖再攤開，從大處到細節，尺尺寸寸分分，縱橫向位置、內外緣軸線、體型立面組合設計、基本模數數列、模板尺度協調、單雙層排架結構等等，一一重新審檢量算，務必要探究出問題來。

她把桌椅都推開，騰出整個地板，和團隊重新做模型，測探各種可能產生的失誤。大家都走了的深夜，我們還看見一個身影活動在工作室內，燈開到了天亮。

白天是形狀和數據塞滿腦子，夜晚工程進來了夢裡。她看見自己匍匐在一條凌空的窄梯上，搖搖晃晃，底下就是深淵。她巍顫顫踏出步子，突然梯上的繩索和夾板都不見了。

她夢見磚石壓在身上，怎麼也無法從下邊掙脫出來；她夢見被一頭軋磨著鋼齒的巨獸追逼；她拚命跑、拚命跑，驚醒過來，摸索到床頭小几上的杯子，靠杯裡的涼水，把自己昏沉的意識涼醒。

她開始中夜醒來，不能再睡回去，只好起身在臥室裡蹀踱。她開始不能入睡，聽見秒針一格一格在鐘裡走，睜眼望著天花板。直到灰白的面積漸漸映出了朦朧的天光，她就索性把自己從床上拉起來，投入一天的工作。

每天早晨睜開眼，一種惶然的感覺像陰謀一樣跟著甦醒。從懷疑作業，她開始懷疑起自己，擔憂著自己的訓練是否實在、能力和經驗是否足夠。像絞繩一樣，思路愈絞愈緊，以至於認同問題、歷史責任問題、文化意識問題、藝術與社會與政治問題，甚至生命意義問題，這些問了也白問的問題全體翻新，都涌上了腦際。

她開始畏懼工程，早上本來總是抖擻而起的，現在不想起床，起了床不想去工地。去了工地，不想走近那一重重、一堆堆等待上場的石塊、磚頭、木材、鐵條等。她繞開半起的牆垣，害怕爬上天梯一樣的鷹架。她不得不挺起腰桿提醒自己，跟自己說，阿比，阿比，這不是在探尋自我，是在蓋房子；這不是胡思亂想，是現實，而現實是可以用理性來對付的。

但是如果問題解決不了，如果不得不修改原定方案，如果嚴重到要整頓藍圖，如果被迫放棄工程，如果被別人替換取代——她躺在床上，盯著搖晃著夜影的天花板，問題一個接一個，魅影一樣逼上前來、糾纏過來。

她開始三餐不定時，吃的是隨手的簡速食物，不記得吃、不想去吃。這時候，經常在婚外關係中的丈夫取得了進一步發展條件，也就不必提了。

一天在工地走著，突然一陣冷索昏暈，兩肩僵硬，腳下幾乎踏不出步子，她扶著鐵架先鎮定一下自己，然後快速走進辦公室，不希望落在人眼裡。已有媒體意識到施工出問題，在注意她了。

儘管內外同時交煎，你可別小看了阿比，她是不會去找那些荒謬程度不下於我們卻自以為是的心理醫生們的。身為英雄的蒙古和印第安民族的後裔，阿比的血液裡深深儲藏著對付災難的能力。天花板又是看到天亮的一個清晨，她神志清醒，告訴自己：行動的時候到了。

她在公務以外別人不注意的時間，著手另一件工事，地點在河溪上游的沙岩地帶。選擇了一塊東向的垂石，在這四季晴朗、本屬於印第安人的鄉園，只須用附近的樹枝、樹葉、泥土等搭出護牆和入口，遵循基本知識加工一下已夠牢固的地基，不需要什麼特技，就可築出一間避風雨的一流臨時住宿了。

現在每到禮拜五，在晝夜交會，一週下來的內外感受超過負荷，人疲憊不堪的時候，她就會帶著睡袋、繩索、小摺刀、火柴、餅乾和飲水，新摘的一把百里香和一把鼠尾草，開車出城，過溪流，來到這裡。

天生習慣野生的她要在岩穴駐留一夜，舉行一場只有她一人參與的典儀。她把芳草掛在面東的出口。和我們龍居東方不同，印第安人的東方屬鷹，掌明察深識，是她尋求的。

先燃生起營火，煨燒石頭，同時燒水。把熱石搬進棚穴內的空地中間，堆成一小堆，跪在地上，用勺把沸水一勺勺舀在石上。

滾燙的石頭遇水嘶嘶叫起來，冒出滾滾的白煙，瀰漫了封閉的空間。棚裡很快就悶熱得讓人窒息，汗流如水洗了。

從午夜到黎明，在這萬物休憩的時辰，她重複地、持續地集柴、燃火、燒水、煨石；運石、挑水、舀水、澆石，筋疲力竭。

舒讀網「碼」上看

廣　告　回　信
板橋郵局登記證
板橋廣字第83號
免　貼　郵　票

235-62

新北市中和區中正路800號13樓之3

印刻文學生活雜誌出版有限公司　收

讀者服務部

姓名： ____________________ **性別：**□男　□女

郵遞區號： ____________________

地址： ____________________

電話：（日）____________________（夜）____________________

傳真： ____________________

e-mail： ____________________

讀者服務卡

您買的書是：______________________________

生日：　　年　　月　　日

學歷：□國中　□高中　□大專　□研究所（含以上）

職業：□學生　□軍警公教　□服務業

□工　□商　□大眾傳播

□SOHO族　□學生　□其他 __________

購書方式：□門市 _____ 書店　□網路書店　□親友贈送　□其他 _____

購書原因：□題材吸引　□價格實在　□力挺作者　□設計新穎

□就愛印刻　□其他 __________（可複選）

購買日期：_____年_____月_____日

你從哪裡得知本書：□書店　□報紙　□雜誌　□網路　□親友介紹

□DM傳單　□廣播　□電視　□其他

你對本書的評價：（請填代號　1.非常滿意　2.滿意　3.普通　4.不滿意）

書名_____　內容_____　封面設計_____　版面設計_____

讀完本書後您覺得：

1.□非常喜歡　2.□喜歡　3.□普通　4.□不喜歡　5.□非常不喜歡

您對於本書建議：

感謝您的惠顧，為了提供更好的服務，請填妥各欄資料，將讀者服務卡直接寄或傳真本社，歡迎加入「印刻文學臉書粉絲專頁」：http://www.facebook.com/YinKeWenXue 和舒讀網(http://www.sudu.cc)，我們將隨時提供最新的出版活動等相關訊息與購書優惠。

讀者服務專線：（02）2228-1626　讀者傳真專線：（02）2228-1598

在狹小的空間，熱煙幻化出人的臉龐、飛禽走獸的形狀。她的感覺漸漸恍惚，在意識和無意識間漂浮，沒有邊際依附，墜入深淵又返回現實。有時候煙變成一大片白色的光，閃得她睜不開眼，神志麻木，失去存在。她也會在極度的疲倦和完全的鬆弛中睡著了，就會夢見自己進出著地獄。

白煙充滿窩棚以後，迅速溢向出口，攜帶已候在那兒的百里香和鼠尾草的氣息，飛奔遙遠的東方，像告急的烽火。

依靠外在環境加之於身體的劇烈，她強迫那些逼脅她的思想、念頭、感受等撤退，嘗試制衡不斷膨脹而難以駕馭的內在。每週她都要這樣鍛鍊自己一次，試著更生一次，以便應付下一週的作業。

用枝葉、泥巴等簡單搭出的東向的洞門直通神話，一路直達鷹之鄉。

一夜她聽見鼓聲隱約地擊打，似近又似遠，她先是以為警衛發覺，前來取締驅趕了。不，不對，她告訴自己，那麼響起的應該是警號而不是鼓聲。然後她懷疑是自己耳朵出現了幻聽。如果真是這樣，問題就要遠比前者嚴重了。她鎮定住自己，仔細地再聽，到底是確定了那不僅是鼓聲，而且就在營棚外的某處。啊，原來族人得知她一個人在這裡苦撐，遠近擊鼓給她打氣呢。

漫漫長夜，鼓聲節奏有序、和平穩定。她聽見空中響起一個低沉的聲音：展開你的翅膀，展開你的翅膀。

鼓聲擊著擊著，總能持續擊到黎明，而煙霧已經穩定地飛行在路上。

洞口照進第一道日光，把她的眼睛照成透明。堆石冷卻了，室內變得清涼和清新，門口的兩簇芳草忠誠地陪伴著，幽幽地更香了。

她開始在早晨到來時覺得瞌睡，就把鞋脫去，蜷進耐心的愛人一樣等在一旁的柔軟的睡袋，讓純棉的襯裡溫暖地裹住身體。正午的陽光弄熱了窩棚，她才醒過來。

有時候她不急著回城裡，就走去溪邊，看淺金色的溪水在岩石之間爍爍地流著。原來偏黃的石灰岩遇水蝕成沙，沉澱在溪床，陽光下的溪流就一波波地折閃出了這種漂亮的水色。背脊晶亮的小魚在漩渦間穿梭，看見她過來，嗖地甩尾鑽進了石縫。

她沿溪向前走，走到多是松樹的樹林。如果鹿比她先到，她就悄悄放慢腳步，躲藏在樹幹背後，看牠們屈頸飲水。一種身子是寶藍色的蜻蜓這時會飛來牠們的頭頸有意打擾，牠們並不在意，保持了優雅的飲水姿勢，只不過偶然搧抖一下耳尖。

有一天，她帶來一些咖啡豆和一個約是一杯水分量的小壺。她把豆子傾在一個岩石的凹槽裡，從餘火中挑揀出幾塊溫熱的石頭，逐個試著手力，選了一塊扁橢圓形的。

在長褲上摩擦乾淨了石面，緊握在掌心，只露出比較圓滑的一端。石頭壓頂，咖啡豆在凹槽裡不聽話地蹦跳起來，到後來還是乖乖地都變成了粉，釋放出令人感到飢腸轆轆的香味。

壺水滾了，她提醒自己，懸烤的鐵器周身都會滾燙，用襯衫下襬護著壺柄拿下來。新磨好的咖啡都倒進滾水壺裡，蓋緊蓋子，讓它在壺裡自己醞釀、沉澱。

一天她帶了早飯的食材，在溪邊點燃一堆新火，放入石頭，把生蛋小心地坐落在石頭之間。從背包外邊的口袋找出瑞士小刀，火腿削成薄片，攤在面積大一點的石塊上。

肉片接觸燙石發出嚓一聲響，她很快把它揭起來，翻個面。就這麼一下子，周邊一細圈的肥肉就炙出了半焦的油花。

過夜麵包用樹枝挑著再烤一下，就會重新鬆脆，芝麻外皮也可以帶一點焦。用手把麵包掰開，起士和剛煎好的火腿一起夾入冒著白煙的麵包心裡，起士遇熱即化。

噗的一聲，烤蛋爆裂了，蛋殼的炙香加入了沉澱好了的咖啡香。

用這麼多的時間來準備一餐早飯，這麼一道一道慢慢地享用，還是沒有做過的事呢。

她留了一些麵包帶在外衣的口袋，走去溪邊。亮背魚到現在還沒建立友誼，一見人來，照舊甩尾就逃。她跪在岸邊，從口袋拿出麵包，用手分成一塊塊，在指間捏碎了，撒去水面。一隻小魚從石縫後再探出頭，遲疑著，很快浮起水面，啄了一塊又竄回水裡。她一聲不響耐心地等，一簇小魚出來了，試探性地停駐在水流中，游姿整齊謹慎。確定沒有威脅以後，仰頭游過來，然後就你推我擠了。水面上響起啫啫的啄食聲，冒起了大大小小的泡泡。

把麵包也留在松樹林裡，藏在樹幹後邊。總是兩隻花紋一樣的一前一後悠閒地踱來。其實牠們早就看見了她，用晶亮的黑眼睛友善地打量，反像是告訴她別介意似的。

沿著溪水走，她注意水經過大小、形狀、組合不同的石塊所產生的流態和流速，和糙黃的石灰岩長期沉澱在水中，由水浣濾出的潔淨質面和細緻顏色。

她發現古老的地理每每機緣來到，就能變化出多重的構造和組織，多樣的紋路、肌理、質地、色譜。這些都讓她再考慮、再衡量、再想像。她的腳步緩慢下來，心情平穩下來。

溪河的源頭在哪裡呢？她揣度，既然流得這樣潺湲暢快，想必是知道自己的方向的。

有時她繼續再往前走，走過起伏的草丘、開著紅色和紫色羽扇豆花的斜坡，走上一塊可以眺望的高地，隔著顫動的空氣，看見遠近山巔在各種灰藍色中起伏著有致的形態。雁飛過頭上長聲鳴叫，愈使天空顯得遼闊。

有時她也會穿過草原走去小學，坐在矮坡上看周末操場裡孩童們踢球。奔跑的小腿揚起的漫天塵土，在空中給陽光一照，也會像溪沙那樣轉變成透亮的淺金色。

她看得入迷了，身子輕盈起來，人從草坡上飄浮起來，順著風向，迎向操場那一片淺淺深深的光芒。她聽見空中回響著低沉的聲音：展開你的翅膀、展開你的翅膀。她伸展開兩臂像翅膀，瞳仁轉成鷹似的透明，凌空飛揚在燦爛又溫和的金光裡。

自然博物館如期竣工了，營建部首長、文化局官員、都市發展商、基金會董事、收藏捐贈人、專家學者們、助理助手們，坐著觀光大巴開到了場地。魚貫下車以後，大家拿著傳統筆記本、電腦筆記本，戴著眼鏡，握著量尺，正面側面上下裡外，摸摸這、敲敲那，不時沙沙記寫答答擊打。一陣工夫以後，沒有找出什麼差池，至少一時看不出。既然工期沒有怠延，經費也在控制中，一切都很好，沒有問題。大家禮貌地發表一些意見以後，都同意核准驗收。只是在不明說之下，似乎人人都覺得有件事倒是頗為遺憾。

建築藝術往往要張揚人類控御空間的能力，尤其是展覽館、紀念館、禮堂之類的，莫不講究外形的雄威、壯健、奇美，例如杜拜的旋轉塔、西班牙的愛跋塔、紐約的畢克曼大廈、中國北京電視台、古根漢畢保分館等等舉不勝舉。使用當地石灰岩疊砌而成的眼前這一博物館，外表上卻甚不起眼，幾個低低的半圓湊成的形狀，怎麼看也看不出應有的氣勢，反倒像是委曲退縮似的。不過這是個人風格問題，見仁見智，不必追究。遺憾間，大家都為一個同行顯然不具競爭力而心情愉快。審查結束後，全體又魚貫上車。有人推薦一家本地頗聞名的有機野菜美食餐廳，乘此難得一來的機會，提議不妨去那兒品嘗一番，再回城裡也不遲。大夥都欣然同意。

正式開館需要準備時間，究竟什麼時候誰也說不定。大家都很忙，日程排滿更要緊的事務。博物館初建成時，官方發布了消息，媒體追蹤了一兩天，之後也就被人半忘在記憶中。春去夏來，它之不會成為蚊子館，不過是因為本地天氣乾燥，不生蚊子的緣故。

一夜一場龍捲風突然進襲，當局不及防備，遭到了巨大損失，一般民房給捲得東倒西歪不用說，鋼筋大樓也不是被颳去了頂就是給削去了面。謝赫大師建造的堂皇的商業大廈八〇八居然也跟漢考克大樓一樣窗玻璃一塊塊掉落到數百尺下的人行道上，幸好也一樣發生在夜裡，沒有造成傷亡。

城市受到重創，第二天天亮市民從廢墟中走出，放眼家園滿目創夷，又沉痛又憂愁，這時，突然驚奇地發現自然博物館安然聳立在遠方，分毫未受到損傷。

交加的風雨像飛舞的魔手，一夜之間撫摸去了石灰岩的偏黃，展露出藏在底下的晶瑩的珍珠色，襯托在開闊的土石環境，既能以天成的原色融合在大自然之間，又能在近色中皴搓出精緻的複調。橫砌的平行線條本就工整修長，如今層層綿延、疊疊而升，潔淨美麗得只有朝露洗過的羽毛、紡架上新織出的緋絲才能比擬。半圓形的穹頂高低起伏之間，也由風靜雨霽的柔軟陽光照出了如歌的韻律，是的，現在全座建築煥發著晶瑩又安寧的光輝，簡直就是在誦詠吟唱一樣；災難後的人心到底是感到了些許安慰了。

風雨中唯它不動搖不潰散，過後更以蛻變的容貌再現，城市恢復正常以後大家不得不回來再估評。專家們研究結果咸認為原來它設計穩健、材料堅固、結構綿密、施工精良，終於給予了讚美。一向認為希臘羅馬風格才屬建築藝術正統的戴衛石先生堅持這是模仿文藝復興的成果，在地派人士立即提出從建材到設計一脈彰顯的本土精神嚴加駁斥。不過這些都是內行專家們在講學問，外行人看著它舒服又乾淨，只覺得唯有據說是世界第一美的印度泰姬陵才能比擬。而那種潤滋淳簡的模樣，華夏的我們則是不由得想起了瓷藝中的極品，帶珠光的宋代定窯白瓷了。這麼一說，難道是建築師的亞細亞隱性傳承元素，畢竟是起了作用嗎？

當局深覺這是發展文創的好機會，召開國際會議，以招攬能見度和商機。官員們、大師們高坐鮮花擺布的台前，傳閱份量等身的文件，發表面面俱到的演說和後知後覺的高論。風雲際會的熱鬧，和在建築學工程學美學哲學人類學政治學社會學文化論前後殖民學等等上的貢獻就不必說的了。

阿比謙虛地接受恭維，終於等到了下一個合同不至於失業，讓她鬆了口氣。大家熱鬧得了不得的時候，只有她心裡明白暗自高興，遙遠的東方之鷹到底是給她叫醒，前來營救了她。

我們想起了文前提到的，人神二元在生活中的作用。就像魏襄、亞瑟等人獲得神龍的輔導，成為不朽的明君賢王，蒼鷹也協助阿比完成了驕傲的傑作，受到了敬愛。就此人們不再稱她為印第安女性建築師雅比雷紅鳥，只暱稱她為「建築師阿比」。

（原載《聯合副刊》二〇一二年十二月三十～三十一日，
《世界副刊》二〇一三年二月十二～十六日）

海豚之歌

渾黯的水箱通向表演池，就像昏暗的過道通向舞台，
你惶惶地等在頭頂一盞燈泡底下，立在自己的影子裡，
跟自己不斷地說，別怕別怕，一上了台就沒事了，
不過是上個戲台唱戲而已，唱完了就好，不是每次都一樣？
沒什麼大不了的，不也就這樣唱過了半生麼？

出場表演以前，水族館的海豚得餵食高單位鎮靜劑。

這一則新聞並沒有讓人覺得有什麼了不起。首先，科學家們早就說過，生物之中海豚的智慧不但和我們人類最接近，而且在收受訊息方面還更靈敏，例如英、美等高科技國家就利用牠們作海底偵探的，那麼如果人有恐懼症，海豚自然也會有，人慌張起來得吃鎮靜劑，海豚自然也得吃，何況服食鎮靜劑的利與弊科學家們都還沒達成協議，這時候讓類人的海豚為人類充當測試品，豈不又是最理想？

水族館的想法是，當初捕到海豚，沒有把牠剖腹剁塊賣給人人皆是美食家的國民們，反而給他取了個阿憨仔的可愛名字，放養在冬暖夏涼的水缸裡，由高薪聘自澳洲的海洋生物家特別照顧和訓練，足夠應付環保生態人士的人道主義要求了，況且私人經營得講利潤，保證每場演出達到水準是對觀眾的承諾，海豚不能維持良好狀態，萬一表演失常，營業就不能繼續，市民就會失去一項最具興味的休閒娛樂，本市一向引以為傲的庶民文化就會大為減色，何況一旦生意垮台了，難道有什麼人會來營救的嗎？

沒人關心此事，除了動物維權協會以外，會員們在市政府台階前拉出抗議的布條，要求官方下令停用。上回全市交通系統罷工都沒見露臉的市長，為這種小事親自接見，自然是因為抗議人士中有位知名公知，而市長的侄子又在競選立法委員的緣故。

抗議歸抗議，出場表演前，不管有沒有必要，工作人員也就照例把一大勺鎮靜劑攪拌在魚食裡餵給海豚了。

好傢伙，想不到也慌成這個樣子，演藝家在心裡嘀咕，對海豚生出同情心，決定這個禮拜唱完了就去水族館走一趟。

幾年前為了與世界接軌走向全球，官方大筆經費支持下，濱海的本市曾經舉辦過國際水上運動會，島嶼各縣市和對岸香港都組隊前來了，新加坡送來一位選手參賽，之稱國際而無愧。當時朝野歡騰盛況空前的景象不必再反覆說的，時間過去，運動會賽場一一變成了茅草發展中心和蚊子生態觀察所。捕到海豚的一年，某財團看出商機，買下游泳池和跳水台，改建成現在的「海洋生物博物館」，經營起了海豚表演生意。島嶼之有這項新奇的水上娛樂節目，還是歷史第一回呢。

表演都排在禮拜六的下午，為了配合學童們週末不上課。隨著大家攜老帶幼魚貫入場，演藝家找到後排的位子，也試著鬆弛心神，享受一下這放給自己的假日。

一個禮拜的戲唱下來，也真夠累人的。

觀眾席都坐滿了，大人們戴著遮陽帽，孩子們揮舞著小彩旗，電子樂快樂地響起來，訓練師笑露兩排白齒，高舉雙手出場，黃藍二色蛙人緊身衣愈發凸顯出西洋人的健美身材。

在雷動的掌聲和嘹亮的哨聲引介下，舞台巨星一般海豚從水池中央躍出，孩子們高興地喊著憨仔憨仔。聽見了自己的名，海豚也一樣高興，先是在半空亮了一個迴旋姿勢，然後以美妙的弧線重新滑入水，隨口令開始了目不暇給的表演。

聰明伶俐本領高強，一個動作接續一個動作，跳躍翻騰奔馳，濺起晶瑩的水珠和浪花。觀眾席上洋溢著笑臉，歡呼聲掌聲不間斷。藍天白雲，陽光普照，水波閃蕩，世界和人間都是多麼的生動活潑哪。

演藝家的心情卻不太一樣。

一輩子困制於藥物，這是像無期徒刑的囚犯，簽了終身契的奴隸一樣過活了。他一人愁起來。

眾人都覺得海豚自在又愜意，他卻覺得每個姿勢都訴說著失落惆悵，別人都賞心於動物臉上的永恆的微笑，他明白這不過是肌肉構造形成的，假笑底下透露的是憂傷。可憐的海豚，當牠在水道的閘門前等候出場時，怕不是跟患有舞台恐懼症的自己一樣，也在努力地說服自己，跟自己在奮鬥呢。

演藝家雖然資歷深厚經驗豐富，出場前也是得服用高單位鎮靜劑才跨得上舞台的。觀眾都走空了，工作人員都收工了，他悄悄溜進了後台。厚玻璃的那邊，海豚半浮半沉在水箱中，好像失去了知覺——難道也落在表演後的虛脫中麼？演藝家躲藏在一個角落靜靜地想。

據說跟人一樣靠呼吸生存，為了不時要浮出水面獲得足夠的氧氣，海豚睡覺時一半腦子入睡，一半仍舊保持清醒，所以總是睜著眼睛睡覺的。

那麼是永遠處在失眠狀態中了。時鐘一秒一秒滴答走，窗框從黑轉成白，這種守著漫漫長夜的辛苦，能睡覺的人是永遠不能瞭解的。

海豚搖了搖尾鰭，晃了一下身子，不能闔的眼睛看過來。平和溫順的眼神，沒有譴責怨恨，像似看見了玻璃這邊的自己，卻又不動聲色，似乎依舊在半睡半醒的恍然中。

太不公平了，演藝家想，只不過是迷了一次路，被人逮到了，落入人類的手中，一輩子作奴隸過下去。難道不可以回到以前的自由自在的生活嗎？

聽說到了夜深人靜的時候，被關在海底監獄裡的海豚們的親友會偷偷游過來，在鋼絲網的外邊探望他們，跟他們說安慰的話。

水底有個閘門絲絲冒著小水泡，像似通向活水的樣子。那邊就是海麼？

如果去把閘門打開——他突然想。

別作夢了，不要說怕水的自己像木頭一樣浮在水面都不能，還去打算潛入什麼水底的，何況閘門就算設置在不沾水的地方，一輩子只會唱戲的人能打開那重重疊疊的科學機關嗎？

他跟阿憨仔搖了搖頭，嘆了一口氣，乘沒人在場，又摸索出水族館，坐車回來了城裡。

在後台的小房間裡一邊卸妝一邊開始惦念起海豚來。他用衛生紙沾一點凡士林油，湊近水銀斑駁的鏡子，抹去眼睛周邊的厚膏和兩頰的油彩，那海洋生物的小黑眼睛現出在人眼旁，還是一樣的和平溫順。

那麼你何必去吃鎮靜劑呢，演藝家對鏡子裡的眼睛說。

聽說生存環境糟到忍受不了的時候，就像不想活的人類中的一樣，海豚就會用在水中憋氣的方法索性去了結的。

作業結束後，現在演藝家不時會坐車去水族館，乘沒人時，偷偷溜到水缸旁的一個角落，就在那兒坐一會陪一會，講幾句悄悄話，哼幾句唱詞給海豚聽。

總是半醒半眠地浮沉在厚玻璃的另一邊，看見了他又似乎沒看見他。

無論有沒有親人來探望，可別做傻事哪，演藝家跟海豚說，你看，我跟你是一樣的，不也過得還好麼？

當初打造運動會時，聰明的發展商利用本城懸於海岸的地理環境，把游泳池建在界海的岩台上，改裝成表演館時，觀眾席位雖然擴增了，還是保留在面向海洋的這一邊。從觀眾席看過去，池水和天空接成一片，水天一線，藍上加藍，一邊看表演一邊看海景，視覺上是沒有更遼闊開懷的享受了。

那麼，演藝家想，水池盡頭的外邊就是海了，游到那裡，奮身一躍，就能跨越鐵網的封鎖，落入海。

比人更聰明的海豚，每天在這一方水池裡周旋，想必是心裡曉得的。

但是為什麼總是游到那頭邊緣就停止，就繞回來，回到馴練師的掌控中呢？是因為生理功能受制於鎮靜劑，反應遲鈍了？還是因為明白，深受焦慮之苦的自己這輩子都得依靠藥物才能過日子，才能發揮長才，而只有人類才能提供條件的？

他輕輕敲了敲水缸的玻璃，「你知道，」他小聲地跟海豚說，「那頭圍牆外，就是海了，你是知道的。」

花了雙倍票價，買到面對表演台的第一排位子。如果能聽得懂馴練師的話，必定也能聽得懂他的話的。

總是巨星一樣海豚出場了。歡呼聲、掌聲、口哨聲，節目開始。

神情是無比的悠暇自得，動作是出奇的暢快流利，比特技演員更大膽靈敏，比芭蕾舞者還典雅優美，這真是生物中的奇種，宇宙界的異類，人類生活的良伴哪！

不要再聽這套巧言謊語了，不要再給哄騙了，他對著海豚大喊。

海豚悠然游到了那邊盡頭了，他從座位上站起來，揮手大聲喊，跳出去跳出去！躍過圍牆跳出去！

沒有人知道他在喊什麼，或者在乎他喊什麼，一句句喊話像水泡一樣爆裂在空中。

沒關係，只要海豚聽見了就好，如果能夠在深海裡追蹤超音波做偵探，就能聽辨出喧囂中他的呼喊，他深具信心。

雙十節國慶到了，全國盛大慶祝，首都有閱兵和戰機飛行表演，本城早上有當屆民意代表競選人的親民遊行和排滿了一天的全民同樂會，海豚表演是其中一項，晚上則有煙火和野台戲。除了慶祝國慶以外，為了開展文創新機推廣庶民文化傳承鄉土藝術發揚感性精神，國家特別撥下了經費兩億。

這樣盛大的節目，想必藥量加倍，演藝家很擔心，提前趕到表演場，趁忙亂沒人管，摸索去了後台。

一定是明白今天的身份和角色，愈發慌張的模樣，在狹窄的水缸中用尾鰭擊打著水面，身體來回撞擊池壁碰碰響，水給攪成了一鍋渾湯。

你看你看，蹧蹋自己成了什麼樣子，難怪人要餵你安神劑的，演藝家嘀咕。

渾黯的水箱通向表演池，就像昏暗的過道通向舞台，你惶惶地等在頭頂一盞燈泡底下，立在自己的影子裡，跟自己不斷地說，別怕別怕，一上了台就沒事了，不過是上個戲台唱戲而已，唱完了就好，不是每次都一樣？沒什麼大不了的，不也就這樣唱過了半生麼？

他把臉貼上玻璃，嗳，我懂得，他不出聲地說，我懂得的。深海生物的小黑眼睛向他看了過來。

你是在跟我說話吧，嗳，他說，我懂得的，什麼阿憨阿憨，我們一點都不憨，誰稀罕你們人給取什麼名字的。

能的，他重複地說，你能的，用自己的力氣，就這麼一躍，使勁地一躍，越過了鐵網，你就自由了。

水上特技節目開始，海豚表演是壓軸，排在比基尼美女花式滑板之後，憨仔頭上頂著一圈花環帶著永遠的微笑出場了，看來總是這麼快樂歡暢充滿了自信，爆滿的觀眾熱烈鼓掌歡迎。

馴養員吹哨，立刻就搖擺著身子點頭過來，故意把人撞到了水裡，太可愛了，大家都給逗笑了。落水的馴養員索性一翻身騎上了牠，在池中央來回疾馳起來。

掀起白色的浪條，水花晶亮地四濺，電子琴歡快又響亮，在馴養員的指令下打圈，迴旋，躍起，翻騰，數度展示高難度動作。滿場觀眾看得目不轉睛如癡如迷，都開心極了。

來到結束的時候了，海豚繞池邊滑行，感謝觀眾捧場。優雅又悠閑地游著，搖著尾鰭，頻頻向觀眾致謝，觀眾再以潮水般的掌聲回應。

一圈接一圈，沿著池邊，游速逐漸加快，勢必要在一個最令人驚嘆的休止符上結束節目了，大家興奮地期待著。

又游到那頭了，仰首噴出一柱水泉之後，果然一個縱身，高高躍出了水面——渾圓健碩的身體懸在半空中，白色水珠天女散花一般灑在陽光中，大家由衷地讚嘆。

一個旋身，面向海洋，突然飛躍過鐵絲網，向大海躍去。

那噴出的白點哪裡是水沫，演藝家很得意，是藏在牙齒後邊的藥丸呢！這件事只有他一人知道；而當海豚消失之前回轉過頭，用那感謝的眼神和永恆的微笑向著的，也只有他一人知道，不是口怔目呆的馴養師，是坐在第一排的他呢。

好傢伙！到底是聽懂了，記住了，此刻想必是已經游在海水裡，不回頭地奔向地平線了。

他把紅白二色油彩在小碟中調配成肉紅色，湊近水銀剝落的鏡子；班主真小氣，說了幾次了還是不換，兩隻眼睛只能看見一隻半。他湊近鏡面，用小指挑出碟內的油彩，從額頭到兩頰到頸脖，秩序地細細地拍打出均勻的底色，用粉撲輕敷上一層薄脂粉，用小刷子撣去浮粉。碟裡再添點油紅，調出艷麗的胭紅，從眼皮、眼下、鼻翼順序抹開來。今晚唱的是旦角，妝要畫得特別嫵媚，尤其是墨筆勾描眉眼的部份，好在他有一雙天生的桃花眼。

劇務過來通知出場了，他站起來，湊進鏡前再按捺了一下頭箍髻飾貼片，上下前後再顧盼了一整遍，然後他把椅子往後挪，伸腳撥過來桌底下的垃圾簍，把化妝枱上的吃殘了的塑膠杯保麗龍飯盒等，餐巾紙化妝紙等，和緣著鏡底放著的大大小小的藥瓶，都攏進了簍裡。

也跟海豚一樣決定不吃藥了。

戲台搭在河岸旁，看煙火的好地方，一舉兩得沒有更理想的所在，全城人都聚了來。阿公阿嬤男女老少，帶著自用坐墊或折椅，黑壓壓坐滿了一片土坡。夜市移陣到草地上，櫛比擺開攤位，燈光接成串串的鑽石項鍊。已經十月天了還這麼熱，暖烘烘的空氣裡洋溢著人味汗味，臭豆腐茶葉蛋滷豬腳蚵仔煎炸花枝鹽酥雞生煎大腸糖水銼冰等味。

一年一度建國的好日子要討個吉利，排出特有喜感的《三鳳求凰》。人物和劇情忽男忽女的很不簡單，擴音大喇叭轟轟迴響，誰也聽不清誰在唱些什麼，然而舞台上的那一片光彩繚亂鑼鼓簫吶齊鳴，尤其是大團圓的結局熱鬧非凡，觀眾要的是這些，人人都沾染著創立民國的喜氣。

謝幕了三次才能平伏觀眾的熱情，這回他和眾人一樣的高興，原來今天從水族館一路趕到演出的場地時，平日總是悶悶不樂的陰霾心情不知怎地開朗了起來，從頭到腳難得這麼覺得暢快的。

今晚一上台就得心應手，台步走得特別瀟灑自然，嗓子滑溜得連自己都不敢相信。劇終時他站在台上和夥伴們牽手接受觀眾的歡呼，感到了一個珍貴的生命時刻——在乍現的一瞬間，他忽然覺得什麼都明白了，都清楚了，那些名和利，那些謊言和大道理，被世界嘖嘖讚揚的壯志節操和美德！

天空發出一連串爆裂聲，擴音喇叭響起華爾滋圓舞曲，市政府開始施放煙火了。一陣衝動使他走向台邊——海豚終於拿出奮進的勇氣飛越過障礙時，想必也是在同一種興奮中吧。

對著台下黑壓壓的觀眾，他從肺腑喊出來聲音，用盡了力氣，去你的國家社會政治文化設施建設發展推進傳承普及的，再不用聽你們的高調大論了，再不受你們哄騙，由你們擺布使喚，用謊言騙自己了。

他張大口，噴出所有的髒話和狠話，讓它們在空中撞擊出火花。

他一躍而起，讓自己兩腳脫離舞台，把一切都拋棄在腳下，向夜空躍昇，躍昇。

飛翔在火雨金花之間，他可以分辨出哪些是梅菊繡球牡丹，哪些是椰子柳枝棕櫚葉，孔雀飛龍天馬，火輪火箭，貝殼燭台水晶燈和生日蛋糕。海豚重獲新生那一瞬間的快感他是親身體驗到了。

天空是多麼的輝煌燦爛，山脈在青紫的夜線中綿延起伏，河流像黑緞子一樣閃著光，一切來到一個向世界宣告釋放的珍貴時刻，什麼遺憾勉強埋怨都沒了。

就是這樣的年紀，從一層樓高的枱子落下來也沒閃到哪裡，要歸功於自己平日功夫練得勤。他從草地上站起來，活動了一下腰身，站穩了兩隻腳，重新挺起背脊，深深吸了一口氣，然後向河水的方向開始跑。

跑，和跑。跑過了黑壓壓的人眾，擁擠的食攤，亂疊成一堆的停車場，跑完了整片的草坡和平地，後來就來到河邊了。

他開始感覺到世界的寧靜，空氣的清新，掠在耳邊的風的涼爽，什麼聲音都甩開以後，聽見了自己的呼吸配合著一起一落的節奏的腳步聲，十分的有序。

河水受到鼓勵，從黑緞子變成大蟒蛇，在黑暗中蠕動起粼粼的身子，一齊跟他跑起來。

沿著綿長的河岸他跑和跑，持續向前跑，就像重獲自由的海豚成為海洋的一部份，他也成為河流的一部份，不回頭地向前跑。

（原載《中國時報・人間副刊》二〇一三年四月二～三日）

叢林

種種莫非都說明了記憶的虛設性。出於有意識的或無意識的意願，或因現實的需求，
我們總是持續不斷地在修改和美化記憶，
甚至製造記憶，以便釀製出荒原上的蜃境，
平庸生活的奇幻版本，
對自己有利的歷史敘述，
以及沒有遺憾缺陷的光榮的自己。

為了趕交一份作業，不得不來辦公室加班，這是很多年以前的一個禮拜天。

警衛照例不值班，大樓沒有人，只有走道燈開著，除了廳室牆上的掛鐘滴答以外沒有其他聲響。

天漸暗下來，飄起了細雨，我扭開桌燈，準備把攤著的東西再看一遍後就傳送出去，乘還沒全黑前離開。

雨落著落著，時直時斜，在長形的玻璃窗上梭打出紛亂的線條。

突然響起輕輕的敲門聲。是誰？這週末沒人的時間？我往後推開一點椅子站起來。

一對青年男女出現在門開處，頭和肩都濕了，臉上沾著水漬，男子的頭髮自然卷著，銅色皮膚。女子長髮的下半截染成了紫色。不完全東方又不完全西方的模樣，有一種動畫人物式的奇異氣質。

正好路過，看見暗影裡的樓面上有一格窗亮著，就這麼上來了——正如我猜測。能進得刷卡的大門，想必是本校學生，但是也不該開門的，我是完全忘記學校的週末安全規定了。

既然已經站在眼前，只好禮貌地應付，「有什麼需要幫忙的嗎？」

下飛機後坐計程車進城，落車時忘了拿後艙的箱子，錢款衣物都給計程車帶走了，男子用勉強的英語解釋。

本城雖然常被詬病人情冷漠，誠實方面尚算可以；我說，「別擔心，司機一定會把東西交給警察，警察找出了地址就會送還來的。」

「有親友可以接應一下嗎？」我問。

「沒有。」他們回答。

「那麼可否請家人匯款來急救？」

「看來只有這一法子了。」

真是太不小心了，他們很是懊惱自己。只是救援到來前的這幾天怎麼應付呢，兩人露出憂愁的神情。

給雨打得濕淋淋的，失落在一個陌生的大都會中，這樣的年青和俊美，難道你不也會生出同情心嗎？在此城生活三兩天需要多少錢呢？我在心裡盤算。抽屜有兩張一百元的現鈔，才去取款機拿出來的兩張整票。

兩人左謝右謝，男子從襯衫口袋抽出一個小筆記本，希望可以記下地址，以便以後歸還借款。

就用學校的好了，我說，遞過去印有學校地址的一個空白信封。

男子伏身桌面，把地址謄在小本子上，「我也留個地址吧。」他一邊說一邊伏身桌面，在白紙上寫下——

台北林森北路——

我轉用中文，從台灣來？

「是的，從台灣來。」男子改用國語回答。

「台北嗎？」

「台北。」他說。

噢，台北。

「家人在台北經營餐飲店。」他回答。

林森北路，曾有一段時期，林森北路、農安街、雙城街一帶出現過一種特別繁榮的生意，專為從越南戰場過來渡假的美軍提供服務。

沒錯，母親就曾給美國人工作過，他說。

經他一說，我突然記起大學畢業那年去應徵美軍顧問團的一個工作，坐了很久的公路局車，遠遠去了一個郊區模樣的地方，樓房牆頭攏著鐵絲網，本地憲兵在門口站崗。那是很久以前的事了，一個學校操場駐防著軍隊，公園裡埋置著半圓筒形水泥防空壕，街上見軍用大卡車開過，徘徊在戰爭邊緣的時代。

寫完地址後男子接著寫自己的名字，Faulkner。

台灣人怎會有這樣的姓？我有點驚奇，《巴頓芬克》裡有一個影射了福克納的角色，後來牽引出一件謀殺案；難道這裡也要發生志怪情節了嗎？辦公室的走道還真有點像影片裡那條通向神祕的老旅館的長廊呢。

原來父親是美國南方人。

「來看父親的？」我隨意問，父親就住在台北是更可能的。

「還沒見過面。」他回答。

「你是說，從來沒見過面嗎？」

「從來沒見過面。」他說。

事情有點意思起來，「你是來尋父親的嗎？」

「是這樣的。」他笑著說。

來自南方的福克納；既然有古銅色的皮膚，想必父親是非裔了。

女孩子注意到燈側桌面上一幀年青女子穿著旗袍的黑白照，湊近了臉，仔細地看了看。

「好美麗噢，」標準的台灣國語，「什麼時候拍的？現在已經沒有人穿這種衣服了。」

男子禮貌地詢問可否借用電話。自然可以，我說，把電話線從桌的這邊拉過去。

接通了，那頭響起嚶嗡的聲音。

是誰呢？國外的親友？島嶼的家人？不，恐怕不是後者，男子講回來了英文。

說電話的時間，男子頭肩斜進桌燈的光圈裡，因而亮起了臉。雨漬已經乾了，現在年輕的皮膚從底下透出一層陶瓷的釉色，棕色的睫毛在上面留下兩排淺淺的影子，偶然扇掀一兩下，瞳仁裡閃爍的是異族的近褐又近綠的光澤。

謝了我，他把小本子放回口袋。

「別又掉了。」我說。

女孩子笑起來，在椅中直起美人魚般的腰身，兩手放去頸後頭，手指併成梳齒的模樣，梳攏起底端紫黑色的濕髮。室內瀰漫起略帶海腥味的雨氣。

二人一再道謝，保證穩定下來就會把錢寄還的。

從關緊的門這邊你可以聽見二人的腳步擦過地毯，電梯上來時清脆的一聲鈴響，電梯門合起，然後一切回歸於原先的零，恍如不曾發生過任何事。

文件一頁頁仍攤放在桌面，耐心等待最後一遍核對。室內餘留著海腥味，地板球鞋印子仍是濕漉漉的。林森北路——中學生似的筆劃在白紙上蜿蜒。

不知什麼時候雨已經停了，推開窗子伸出頭，迎面撫來清涼的空氣。百老匯街空蕩蕩的，平日布滿行人和車輛的景觀不見了，潮濕的瀝青街面幽幽浮動在黯紫色的光澤裡。霽光橫過地平線，映亮了街底。往北邊看，天主堂的尖頂在漂流的氤氳裡隱隱沒沒。往南邊看，經過一小片樹林接上的是整條街的商家。再向南，跨過對開六線的浩斯頓大道，引領世界風尚的蘇荷區擺出魅惑的姿影。繼續向南，紅黃二色為主的中文招牌紛紛搶進視界，橫過去移民新移民遊客行人全球名牌仿冒貨品洶涌充斥著的運河街。城市叢林的動亂在週末入夜的這時全體叫停，雨後暮暉中的靜悄和荒冷是這樣的離奇。

夜幕像蝙蝠張開雙翼似地降落，城市籠罩在迷惘中，等到沿街燈火都亮了起來，另一種詭異就要全面開啟。

無論是向北向南，都看不見了那兩名突然出現又突然消失的從台北來的青年。

這件事就此存留在記憶中，這樣的真實又這樣的虛幻。時間、地點、天氣，二人的動作、說話，尤其是動畫人物式的奇俊外貌，複合成一帖不淡化的圖景，總令人感到蹊蹺。

如果只是為錢，他們可以放個帽子坐在街頭，附近幾個街角都有長期的坐客，帽內累積經常不差的。如果要編造故事騙人，拾手就有易信的情節，卻是一上來就指定了地點；他們怎麼知道我從台北來？我可以來自上海、首爾、東京、香港，可以是韓國人日本人新加坡人，越南人泰國人，不是麼？就算他們看出我的台灣人樣子，也不必告訴我他們自己的家人住在哪條街，做什麼事，生活過得怎樣怎樣等，啟動如此特定的時空條件，隨時會露出馬腳的多重設計，需要這麼費事地編造謊言嗎？

很多作者常申明筆下所寫非關真人真事純屬虛構等，這裡的我卻要相反地強調，上述如同虛構的經過，在一個落雨的週末黃昏，的確這樣發生過，只不過細節方面稍加戲劇化而已。為了福克納這一沒什麼大不了的美國姓氏而平白損失了兩百塊錢，只能承認自己的愚蠢無趣。

此刻我仍無法悟出兩位青年出現的邏輯，和為何在我的思緒中停留得這樣久和清楚。我唯能想起的原因是，它調出了我的一件記憶檔案。

林森北路和美軍顧問團，兩個地名，乘人在台北的某一天前去探訪，純粹是為了好奇。於前者我沒有追尋落雨黃昏青年身世的意圖，於後者，它和我過去現在的生活都沒有任何關聯；然而台北的夏天總是讓你在窒悶的炎熱和灌耳的蟬聲中什麼事也做不了，除了在街頭無目的地閑逛以外，半個世紀以前是這樣，半個世紀後也是這樣。

林森北路十字路口。上午。街道還沒就緒，店家不是仍鎖著鐵門就是裡外空靜靜的，看不出傳聞中的繁華綺麗。成長在南區的我難得來這裡，大部份的地點都是陌生的。沒有記憶提供多層次意識，超越現實的存在不存在，當前就只有現實，也就是說，眼睛能看見的景象就是所有了。這一條如同異鄉的長街對黃昏青年的意義自然遠比對我為多。

第二站，美軍顧問團，他的母親曾經工作過的，很多年前我曾經應徵過工作的地方。

司機開到了信義路一段，在一棟小樓房前停下來。

不對，後座的我伏前說，不是在華協會，是顧問團，我要去的是美軍顧問團。

「早就沒有了。」他說。

「那麼可以開去原址嗎？」我請求。

「什麼原址？這裡就是了。」他從反射鏡中拋來不屑的眼光，顯然我應該下車。台北市的計程車司機都是不能得罪的。

我跟一位朋友說起了事情。

「沒錯，在華協會前身就是顧問團。」她回答。

但是我的確是在公館的一站搭上公路局車後，向碧潭方向去的。

公路局車都是從館前街的台北火車站出發，怎麼會有公館前的公路局車？她露出懷疑的神情。

那是很久以前的事了，我提醒她。

那是某個夏日，坐上公路局車後就一直往南開，經過了新店、大坪林、景美、七張。

她歪頭想了一下，「路線是對的，不過美國人都在中山北路民權東路，還是陽明山天母北投的，新店那個方面從來就沒有過美軍機構。」

而且，輪到她提醒我，顧問團是情報機關，不可能公開招聘人事，只有美軍招待所倒是可能會招考在地女服務生的。

「難道你去應徵的是招待所的工作嗎？」她不懷好意地笑起來。「不過就是招待所也在西區，不在南邊的。」她說。

那是多雲的一天，灰沉沉的不見太陽。不過記憶的圖景卻是一片白亮；一個崗亭，前邊站著穿土黃色軍服的本省執勤憲兵，和一個穿緊身旗袍的女子。

憲兵停住了和女子的談話，上下打量來人，一個大學剛畢業的女學生。

「你為什麼要到這種地方來找工作呢？」憲兵說，「快回家去！」

緊身旗袍女子格格笑了起來，從皮包裡摸出一包香菸。

旗袍女子自然不是黃昏青年的母親，但是既然是在同一性質的地方工作，從模擬而想像，模樣應該相差不多。要是當時沒有聽從本省衛兵的訓話，逕自走進了俱樂部——一樣我也會穿上她那身緊身旗袍嗎？也會背包裡隨時放著香菸嗎？會由此就住在了台北？後來會有怎樣的不同的生活？成為怎樣的不同的人？應徵前我自然知道招待所的性質，如果在那一個偶然，因為好奇或其他原因，作了一個貿然的決定，那麼後來的一生的圖景都將會改變。那是一個率性且不計後果和利益的叛逆年代。

我跟朋友仔細描述我經過的路線，在哪裡下車，憲兵，灰白色的鐵絲網高牆。

朋友又歪頭想了想，「我看你去的恐怕是景美看守所。」

怎麼會，怎麼會想起景美看守所？我非常不同意；我從來沒去過看守所。

不要說去過，連路過都沒有的，那時我只知道應付考試，出國不出國等，不曾注意也不會去注意關了政治犯的監獄的。半個世紀以前，大學後邊的荒地，水源路的底端，都是神祕的地方，人們一提到就都壓低了聲音，唯恐不迴避的。一直到島內發生大規模的政治運動，那是很多年以後了，我才知道景美看守所的。

「而且，」她也懷疑，「監牢門口不可能站了一個穿緊身短旗袍的女人。」「不過，」她又歪起頭，「憲兵的女朋友來看他倒也有可能的。」

「這樣好了，」她說，「就照你記得的路線我們走一趟，怎麼樣？」

公路局車早就沒有了，朋友開的是一輛漂亮的白色凌志車，她是全世界都羨慕的十八趴人士。

導航器向南方閃著藍色的訊號，記憶的疆域，一切變動之下隱藏著原鄉的符碼和暗標，兩相不曾忘懷地保持了神祕的默契。

車程來到終點，停火，一片水泥牆，圍起來的是一小塊社區菜園，一半種著絲瓜豌豆番茄等，一半長著雜草。在記憶中不斷回到和現在特別來到的這牆垛，不過是一截台北街巷到處都能見到的普通水泥牆，並不召顯特殊身世，訴說故事。

情節是真實的，為什麼地點這樣混淆？我想起曾經讀到過的一些回憶錄或者自傳他傳性文字，其中所記寫的有些是我熟的人，有些事物我知道原委，有些目擊或身歷過，並不是像寫的那樣發生的，甚至根本就沒發生過。種種莫非都說明了記憶的虛設性。出於有意識的或無意識的意願，或因現實的需求，我們總是持續不斷地在修改和美化記憶，甚至製造記憶，以便醞製出荒原上的蜃境，平庸生活的奇幻版本，對自己有利的歷史敘述，以及沒有遺憾缺陷的光榮的自己。

「這樣好了，」朋友並不介意，「既然不熟悉西區，索性領你去逛逛，怎樣？」她是西區長大的，一直還都住在西區。

我們再上凌志車，從高架橋婉轉向西穿越城市，經過了各式各樣的屋舍建設。台北真是一個難看的城市，建築上只管顯揚財富，章法和品味都沒有的。

「國家博物院正對面，就給你建上兩棟又醜又俗的大公寓。」朋友說。

天色已晚，她推薦一家台式料理店，不過是個巷子裡的家庭營業，菜肴的精緻卻能稱一級。原來力氣都用到了這裡。

所以我又回到林森北路，落雨青年設立的記憶的起點。

兩節戰事之間的空場時間，年青的士兵們曾經從一個異鄉空降來到另一個異鄉的這裡，在聞名全亞洲的唯屬於寶島的溫柔鄉裡學習遺忘。

十字街頭，回想我自己曾有過的生活，設想落雨黃昏青年可能有的生活。車輛遊人如夢似幻地穿梭。五星級旅館和鐵皮篷修鞋店，豪華大飯店和主婦小籠包食堂，貴夫人時裝和百元成衣地攤任你挑，小姐六寸高跟鞋的白腿旁阿嬤帶著孫子坐在小板凳上乘涼，城市的各種元素並列共存，各自安好在亂世中，這是台北的精神。

人間的光和熱都匯聚來了，整條街通亮了，彼身和此身，虛妄和真實，短暫和永恆，城市的創傷缺憾錯失都在黑暗中被原諒，被再建，光影晃爍之間第二層現實光華熠熠地成形了。

我們走過一條街和一條街，沒有預設的目標，從鬧街拐入巷子，進入社區，住家，沒有人的冷巷。

我們走進一座黑摸摸的叢林，不是樹木，是鐵皮、木板、瓦片、磚頭、塑膠版、水泥塊、電材等等和殘存的危房堆積起來的黑鬱的叢林。咫尺之距，那一邊的熱鬧襯托得這一邊只是蕭條荒涼。

敵不過人間燈火，月亮和星星一同撤退下來，倒是在這裡重獲生機，把黑暗中的頹廢猙獰幻化成了童話的晶瑩；我們總是靠月光和星光來拯救一切的，不是麼？流浪狗在某個卑微的角落吠叫，拉長了尾音。

荒城之夜，黑暗和光明，寂靜和喧囂，頹廢和建立，該茁壯的茁壯，該摧毀的摧毀，城市是一座有機體，有其美德和敗德，欣榮的續存更依賴後者，總能在上昇和沉淪之中自我協調而達到均衡，無須我們煩惱。

生活中的發生不需要追究前因後果，時間從人身上跨過，不帶情感，不在乎有無留下痕跡，無論人自己是多麼多情。回憶不必要，反思不必要，在各種各樣的事物裡努力尋找意義而緬懷感傷等之不必要。被記憶囚住是沒有意思的，生活要你在無意義中領悟涵義，覺悟出，就是涵義也是沒有意義的。

黃昏，細雨，霽光，沉鬱的街道，空寂的城市，奇異的青年——

最糟的推測是，青年來自台北的權貴家庭，過慣了公子哥生活，既不知好好念書也不願努力工作，從附近某大學退學後，和背景相似的女友變成了兩個小混混。下雨的禮拜天也出來作案，想必跟吸食大麻或者更糟的毒品而時時需要現款有關。百老匯街上的乞丐常都是這樣的。

最好的想像是，母親是西區風塵女子，美國兵的父親或因戰爭結束事過情遷而一走了之，或因美國有一士兵如使在地女子懷孕就得儘速遣回國的條例而被迫離開；這是他的父母親的故事。

於是一個單親混血少年，在保守的社會經歷各種歧視，立下尋找生父的志願，前去美國南方的路程上過境紐約；這是他的故事。

以他的聰點，想必能安抵旅程的終點，見到了從來沒見過面的父親，明白了福克納原來是一個多麼榮耀的姓氏。

迢迢的一路上，陌生人的我能幫了點小忙，緩了一刻急，也算是令人高興的。

倡人仿生

眾人中魔一般不動彈，
唯有眼睛隨著筆移動，
一片肅靜，
只聽見筆尖悉悉走過綿紙。
終於畫完了形狀，筆止，
偶人收回手腕，回復原先的舒閑模樣。
多麼優美的一幅白描花卉！婉轉的線條像飄浮的輕雲，
涓流著的水紋，細細的蘭葉在微風中晃動。
那花又是什麼花呢？啊，是先秦壁畫上能見到的木芙蓉哪。

1 倡人柳

柳是個美男子，身材修碩均勻，容貌讓太陽失色，深得魏襄王的歡喜。柳的特長是典故知道得多，而且能說得生動活潑，風趣幽默，襄王退廷以後和后妃們休閑的時候，常召他來後宮說故事，每每聽完襄王就能克服難入眠的習慣，那晚睡得特別滿意。

漸漸襄王對柳產生了依賴，隨時要他在身邊，一不見就會焦急起來四處找人。臣屬們察覺了情況，提醒襄王，何不召名巧來，叫名巧做一個跟柳一模一樣的偶人身邊帶著，不就免除了牽掛嗎？

名巧手藝奇妙，想做什麼就能做什麼，擅製新穎的機械，運作起來總讓旁觀者驚讚，他之被人美稱為「名巧」，不記得他的真姓名「湮」，就是這個道理。

例如有一次魏國受到韓國侵襲，在平城被韓軍圍困了七天七夜，城三面都是韓將牟頓的兵馬，第四面領軍的是牟頓的妻子臾氏。魏國謀士陳平急召名巧造木偶，穿上鮮艷的衣服，放在城牆上跳舞，臾氏望見了以為丈夫納了軍妓，一氣之下撤離防線，魏軍竟因此而解圍。

另一次是魏國大賈公孫耳過生日，很想有一件名巧的械作，跟襄王左右人士表示了心願，襄王雖然討厭，但是公孫氏富可敵邦，只好召名巧來，要他做件玩意應付。名巧花了一個月的時間製作了一組十二人的雜技團，唱歌跳舞這類基本功夫不用說了，據看到的人形容，還能「擊鼓吹簫，跳丸擲劍，緣緪倒立，出入自在，舂磨鬥雞。」變化出讓人目不暇給的百端技術呢。

至於那十分著名的指南車，也是名巧做出來的呢，這是一回家中有客人從遠方來，怕他一路迢迢迷失了方位，名巧就做了手指永遠指向南方的偶人駕著一輛車子去迎接客人，那是比派真人去還更牢靠的。

名巧的技藝在諸國間傳揚，有人出重金聘請他，有人出資綁架他，嫉妒心重的人尋刺客謀害他。名巧愛國愛鄉，對襄王忠心事奉，沒有別的想法。

襄王對偶人柳的製作定出了基本要求。

「從眉眼髮膚到四肢手腳都是本人。」

名巧恭敬地回答，「完全沒有問題。」

「言語喜笑、舉手投足一個模樣。」

名巧回答，「這也不難。」

「能說好聽的故事。」

名巧回答，「請放心。」

王再叮囑，「還能跟本人同念頭，同心情。」

巧師說，「這正是我的特長。」

過了一陣子名巧來謁見襄王，襄王說，「跟你走在一起的是誰呀？」名巧回答，「就是偶人柳君呀，一起來拜見了。」襄王嚇了一跳，趨前一看，果然是個和柳一模一樣的木偶，只是比本人更美了；頭髮是豐密的烏雲，眼睛用黑漆點瞳，晶亮得像琉珠明璫，唇是新摘的沾露櫻桃，真人右頰的小疣不見了，膚質滑凝到手不能留，輕輕吹上一口就綻，膚色則比春日第一朵桃花還嬌嫩。偶人的完美使柳本人都嫉妒了起來。

襄王把寵妃盛姬還有其他嬪妃女官們都叫來一同觀賞；搖搖它的下巴，它就唱起旋律優美的歌曲；捧起它的手，舞也跳得婀娜多姿，把一支筆放在手指之間讓它捏緊了，還能寫字畫圖，要它做什麼它就做什麼，故事自然是說得比本人柳還更動聽的。

襄王愛上了偶，和偶不分離。偶也很貼心，為王言為王笑，故事說也說不完。白天帶在身邊，夜時同榻共枕，襄王睡眠品質的進步自然是不用再說的了。偶對眾人則總笑咪咪的，大家都喜歡他，能夠有這樣機靈聰穎的人隨時讓王歡心，朝廷上下都感到了慶幸。

有偶人替代自己，柳鬆了一口氣，匀出的時間乘機發展和盛姬的關係，祕密來往的次數增加了。襄王沉醉在與偶的歡情中，一時沒察覺。

一天偶在後宮照常娛樂眾人時，明亮的眼睛突然停止在襄王身邊的盛姬身上，而且瞳仁滴溜溜地深情地看著，充滿了愛戀。襄王也是極有心思的人，目擊這等情況，大怒，立押柳和盛姬二人，下獄問斬，並且令官兵捉拿名巧。

藝匠和偶人一起被押跪在殿前，也將處以極刑。

名巧恐懼極了，哀求給於申訴的機會。

「太大膽了。」襄王怒斥。

「一定是機關出了問題，才會有這種意外的活動。」匠師說。

「不是和真人一心一意嗎？」襄王說。

「只是在看相上如此，究竟是個無情的木倡哪。」

襄王不相信。

「那麼，請讓我把它拆開來，一查真實。」巧匠懇求。

名巧小心去了偶的外衣，揭開了頭，剖開了軀體，一一翻出內裡讓襄王查檢，原來不過是些皮革、木材、稻草、黏膠、顏料等等的拼合而已。

王惴惴不安，「一堆賤物也能成就至此，豈不比人更有造化？」

巧匠小心地回答，「究竟是由人主張的，若是不能放心，隨時摘心即可。」說著便從胸腔掏出了一塊石頭，偶人就不能再活動和說話了，把石塊再安放回去，就又和原先一樣的活潑起來。

襄王是位說理的明君，赦免了名巧的罪。

藝師知道襄王疑心已起，自己時在危險中，惶恐得只要門上一起聲，便以為是來人捉拿了，而且想到偶也受到了猜疑，機關再出什麼其他意外也是不能承當的，深思後決定出走。

他跟弟子一一道別，把祕訣《械製》交給愛徒子勤，集合家人在中庭殷殷叮囑了事物，乘暗夜輕裝上馬，從現實世界消失。

據說當時跟名巧齊名而且也製出了機器飛鳶的墨子，知道了這件事，警告弟子們不要再去研究技藝了，還是照規矩做普通事的好。後人研究華夏科技，討論後期衰落的原因，不免都要追溯到墨子的這一反應。

至於偶，心時時摘出放入的讓襄王煩起來——而且拆裝手工不免也影響到了色相；臉色的紅潤給磨蹭淡了，四肢會卡起齒來。曾有丹麥王被機械夜鶯蒙蔽，後來因真夜鶯的歸來而領悟真實之貴於偽假，華夏君王不需這套單純的道德意識來鼓舞或粉飾；襄王真假偶都不屑顧，很快就有了比柳更善口的語者，比盛姬更美的美人。

偶被冷落了，不知給棄放去了哪兒，也消失於歷史。

2 仿生

颱風過後水退了，城市努力從泥濘中再清理出面目，美術館也不例外，好在半山而立的建築擋住了一些風雨，災情尚可收拾。只是較低的庫藏室進了水。建館的那幾年，政軍風雨飄搖，為了躲避戰事，庫藏室是有意挖進了山裡，這麼空襲一來就有最牢固的天然防空壕了。

平日堆得有點紊亂的儲藏，水一濕過又加上了漬汙的問題，必須儘快處理，尤其是底層的和角落裡的東西。員工們接力一件件都移出到館後的山坡上，乘颱風過去的晴朗天氣攤開來清理曝曬。

從來沒人管的一個不大不小的箱子也一齊搬了出去，抹去了外面一層厚厚的灰塵，才發現原來手工是這麼的精美；木料是千年不蝕的上等黃楊，四隻護角抹亮了是耀眼的純銀，上面精工嵌鏤著迴花卷雲紋，圖案依風格斷代應屬早期，譬如秦漢時期？整個箱子的造型則簡純實用而雅致，樸素中透露著貴氣，應該出自巧手。

大家有了好奇心，技術人員小心地撬開了箱子。原以為一定是存放著寶貴的物件的，想不到只是塞滿一堆雜貨，例如木塊藤條皮革布帛繩索等，看不出有什麼重要性，大家都頗為失望，不過因為箱子的接縫和榫釦吻合完美，密封之下連水氣都進不了，每件東西也就保存得好好的，不見時間的侵蝕。

一位工作人員在箱蓋內側發現了隱約的銘印，用軟刷子小心剔出了它的形狀，原來是一行三篆字，灸刺在木底上——

湮仿生。

仿生很容易瞭解，莫非就是模仿生態的意思了，然而湮是什麼呢？

大家都在思索的時候，有人驚叫起來，啊，這不是以「名巧」為稱的戰國著名藝師湮的名字嗎？美術館上下內外都興奮了。

復修部門謹慎地開始了工作。先拼合出身體，再畫眉點睛染頰上唇貼髮，外貌很快地恢復了。然而修理齒輪機關的作業卻麻煩得多，要辨別出那些一格格一塊塊一縷縷一片片的是什麼東西，應該排置在哪裡，有什麼作用，摸索出它們原來的組織構造，各種各樣的連接運動協調平衡等等，這工程簡直跟醫學上尋回真人的記憶一樣複雜呢。

國家全力支持，重金聘請了國內外最高明的藝術家和機械工程師，同心合力全力以赴，到底是重建了偶人的記憶。

令人緊張的功能測驗開始；拍拍它的肩，四肢活動了；提起它的手，妙曼地跳起舞來；在它的指間放入一支筆，面前鋪開一張紙，在眾人的凝視下，指慢慢捏緊了，手腕活動了，筆抵在紙上，開始移動，筆下線條出現了。

眾人中魔一般不動彈，唯有眼睛隨著筆移動，一片肅靜，只聽見筆尖悉悉走過綿紙。

終於畫完了形狀，筆止，偶人收回手腕，回復原先的舒閑模樣。多麼優美的一幅白描花卉！婉轉的線條像飄浮的輕雲，涓流著的水紋，細細的蘭葉在微風中晃動。那花又是什麼花呢？啊，是先秦壁畫上能見到的木芙蓉哪。

只是怎麼碰觸下巴，偶人都一聲不發，怎麼調整齒輪的機關，唇微微笑了起來，現出想開口的模樣，卻是全然的沉默，看來期待它講故事是不可能的了。或者，經過了如此長久的生活，他是不想再說故事，或者沒有故事可說了？

真偽的問題浮現。首先，這果真是戰國名匠湮的作品嗎？還是一件他人或後代的仿造？材料的年代經高科技化驗證明屬於早期是說明不了什麼的，後人用古舊材料製造新產品是贗仿界常見的事情。而且別忘了，湮的高足子勤是懷有老師的絕技指南《械製》一書的，而這本書後來流入他人手中也是極可能的。

若是摹仿，自然是技拙，做不出奇妙的說話功能的。但是，如果不是名載歷史的偶人柳的真身，卻可能是它的一個粗胚、翻模或替身呢？

或者，偶人柳的功能本就如此而已，我們聽到的莫非是隨時間過去在口傳之間神化了的故事？或者，其實從來就沒有偶人柳這種事，只不過，例如宣傳吳道子畫龍點睛於是墨龍騰壁而飛一樣，又是一個為了彰顯藝術家如何了不起而捏造出來的子虛烏有的史事？那摘心的情節更是笑話，修復人員在整理的時候，就是把箱子翻倒過來也沒見到什麼寶石的。

美術館一改往常的官僚顢頇作風，很快就完成了特展的準備工作。

開展的一天，民眾風聞而來，在館前排出了蛇長的隊伍。大家依序入場，都覺得眼前一新；這次特展的佈置比往常好看了，例如空間安置妥當，燈光照到了對處，解說也寫得專業很多，不再像以前那樣隨意發揮忽悠混沌了事了。

相傳春秋戰國時代男子俊美，畢竟讓我們看見了實據，那入鬢的長眉，滴溜的漆瞳，俊挺的鼻梁，春花的膚色，依舊潤著的欲語還休的雙唇，讓隔著玻璃展櫃這邊的我們都止住了呼吸，不能抑制驚奇和讚美。

咫尺相會，就站在他的面前，給他這麼深情地看著，我們的問號不見，懷疑消失，真品仿品真身替身真人假人等等都不在乎了，只像二千三百年前的那魏襄王一樣，也油然地愛慕起他來。

（原載《聯合副刊》二〇一二年三月二十九日，《世界副刊》二〇一二年四月十八日）

亮羽鶇

戰場的轟聲像隱約的雷鳴，威脅著隨時就到來，
增援令已經頒發，隊伍已經集合，
明天就開拔。動亂、戰役、事件等，
像標點符號一樣把生活分劃成
章節段落。時態總佇留在備戰狀態。
一切都是須臾的，虛無的，
也是濃縮的、純粹的、強烈的。

這是一個黃昏的茅草的山坡，坐著年青的一男一女。

男子就要遵照集合令開拔前線，那裡和對岸發生了大戰。在這裡的山坡卻嗅不出任何烽煙氣息。

別離就在眼前，兩人昨天照舊激烈地吵了一架。在語言上他們都是極權，堅守自己的想法和發言的權利，不容一點混淆一點異議來騷擾陣地，兩人知己知彼旗鼓相當又絕不妥協，所以不戰則已，一戰便能相互擊中要害，總弄得兩敗俱傷。

今天雖然照例相見，自然哪一方都沒有棄守的意思，就算明天就要分別，就算這回很有訣別的可能，也是要清清楚楚把立場弄明白的。誠實是雙方協議的戰規，必須絕對遵守，對彼對己這都是殺傷力至強的武器。

今天不是週末不是假日，他們上午就開始在一起，有一整天要廝纏。天空落著看不見的毛毛雨，動物園裡清清冷冷的，野獸們蹲踞在籠子裡，無所事事，好奇又同情地目迎目送他們走過一個個的牢籠，走得漫無目的，鐵青著臉不說一句話，不向觀眾洩露戰情。

露天音樂廳的舞台上沒有節目，零亂擺放著的鐵椅之間沒有別的觀眾。他們沒有雨衣就逕直坐下在濕漉漉的椅子上，好像跟衣服跟椅子也在吵架似的。

男子亂著一頭髮，顯然昨夜沒睡好，從褲口袋裡拿出一包菸，抽出一根，含在唇間，合攏雙手護著火柴苗，好不容易才在細雨中點燃。

煙在看不見煙的灰色天空中無著無落，不知該往哪裡飄。

不說一句話，讓沉默充滿時間和空間，就像是宮本武藏和佐佐木小次郎對決出刀前跨步擺下一段寂靜時間，無言伸張著壓力。無言正是一種挫折對方心防的策略，一種不行動的行動。

冷冷地他們坐在那裡一直坐到了下午，也不去吃飯，並肩而坐卻堅守壁野，對峙，一觸即發。動物園整個都噤住了聲音，四周世界變得靜悄悄的，連雨也知趣的收住了腳不敢再打擾。

他們站了起來，不管一身濕，走過一片無人照顧的草地，頹坍的磚牆，凌亂的矮樹叢。然後他們來到那片披著茅草的小山坡。

風從坡底的城市吹上來，茅草隨風勢前後搖晃在他們眼前成為動態的圖案。坡上只有一棵細瘦的樹，枝上停著一隻黑摸摸的鳥，一聲不響一動不動。

現在兩人坐來了石塊上還是不說話，任由坡底風把兩部頭髮飛颺去頭頂，兩面旌旗掀打在空中。

鳥歪過頭來，瞅了一兩眼，還是一聲不響一動也不動。

一截洋紅色突然閃入灰寥的視網——有人走上了坡，一個男人和一個女子擁著走上了草坡，從茅草掩住的這邊你可以聽見細碎的說笑聲。

風中的草叢形成晃動的屏障，時開時攏。開時就像舞台的帷幕拉開。

你先看見的是棕黃色的臉龐緊貼著牙黃色的臉龐；再看見的是棕黑色的手攫著牙白色的胸脯；再看見卡其色軍服緊壓在洋紅色的洋裝上。然後你看見一截雪白的胖胖的腿。

及人高的茅草搖晃著開與合，舞台忽隱忽現。這裡是城市以外的空曠的山坡，沒有人會以為除了自己還會有別人。

兩個身體開始了節奏性的動作。

他們側開眼睛，望去別處。望見了那隻鳥。

嘿，哪裡是黑摸摸的——

栗紅色的眼圈，茶褐色的腳趾，羽色分不出是黛紫還是青藍，還是紫藍綠棕各色的混成，全體爍閃著金屬的光澤。

好漂亮的一隻鳥吶。

士兵和女子又緊摟著走下了山坡，洋紅色不見了。茅草重新占領疆土，視線回歸寂寥，風持續從坡底的城市往上吹。

他伸過手，掌心放過來擱在身邊的她的手背上，伸開手指，尋找底下的五指。底下卷縮起來，退躲了一下，遲疑著，到底是反過來掌；現在指與指短兵相接。並不讓步。絕不道歉，昨天的事依舊統統都記得，他們又再一次不分敵我糾纏不清了。

戒嚴時期的愛情，外在的冷漠壓縮內在的動亂，至暴力的邊緣，不是你死我活就是要同歸於盡的。

深深陷入對方的頸椎地帶，彼此的肌體因這麼久這麼焦慮地等待著一聲號令，一項承諾，一條協定——其實就是一個接觸，一聲話語——而滾燙，連方才被雨打濕的衣服都冒出煙氣了。

天陲那邊夕陽輻射出光芒，城市為終戰到來而歡然。

然而真正的戰事在海峽持續，外島炮火連連，傷亡慘重，盟軍已經考慮介入，使用化學武器或核武器，戰場的囂聲像隱約的雷鳴，威脅著隨時就到來，增援令已經頒發，隊伍已經集合，明天就開拔。動亂、戰役、事件等，像標點符號一樣把生活分劃成章節段落。時態總佇留在備戰狀態。一切都是須臾的，虛無的，也是濃縮的、純粹的、強烈的。

熱情駕馭成冷峻，狂喜淹窒在沉鬱裡，快樂唯有從悲哀來領受，虐待狂和被虐狂的氣質同體一身，都耽溺沉迷在極限和極致中。

而黃昏的光，灰藍的海洋，青蕪的山巒，灰濛的城市，茅草的山坡，以及擁抱的愛人，在即將捲入記憶的漩渦以前，都看在我的眼裡，那隻漂亮的紫羽鶇在心裡說。

（原載《聯合副刊》二〇〇九年八月二十七～二十八日，《世界副刊》二〇〇九年十月二十五～二十七日）

傑作

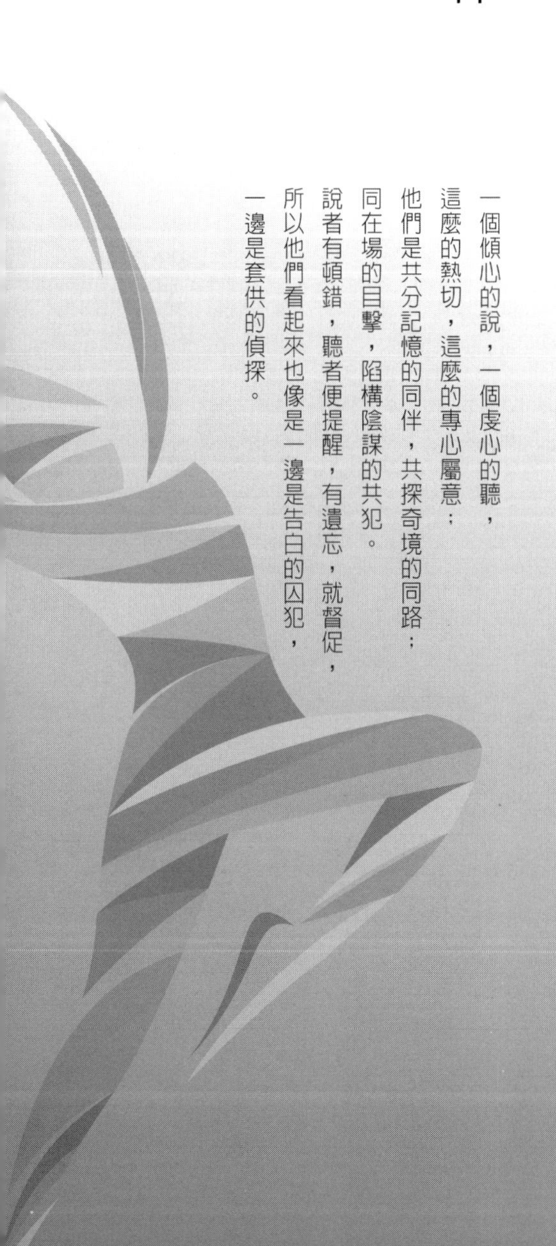

一個傾心的說，一個虔心的聽，
這麼的熱切，這麼的專心屬意；
他們是共分記憶的同伴，共探奇境的同路；
同在場的目擊，陷構陰謀的共犯。
說者有頓錯，聽者便提醒，有遺忘，就督促，
所以他們看起來也像是一邊是告白的囚犯，
一邊是套供的偵探。

從小學作文課寫「我的志願」，大家都要做「工程師」、「邊疆屯墾員」起，春生和夏長不約而同，都立志要做作家。

很多年以後，我們在讀收藏在圖書館的兩位知名作家幼年時的作文手稿時，仍能感到字裡行間那一股天真的豪氣，為夏長的有志竟成而高興，也為春生的失蹤而惋惜。

國文老師翻開本子，讀到第一行就笑了，邊修改邊想起自己小時的同樣心願，特別同情，在課堂上誇獎了二人一番，還讓他們在同學面前各自朗讀了文章。坐在最左排的春生和最右排的夏長隔著教室的空間向對方會心微笑，從此成為莫逆的好友。

兩人朝夕相處，互相切磋，不知覺中慢慢長大了。論勤勞二人不相上下，論才性春生快捷敏銳，夏長敏感細膩，只是作文老師打開始就認為，就是從小小的年齡，夏長也透露了一種少見的沉穩，未來恐怕會有更甚的成績。

國文老師慧眼識才，預見了未來。

學成以後春生加入媒體，夏長選擇了服務教育界，兩人在文字上都很堅持，他們相互允諾，一天各自一定要寫出一本留世的傑作來。

報社業務繁忙緊張，工作所要求的快捷犀利正是春生的特點，能夠發揮一己之長，春生充滿了鬥志，做什麼事都先人一步，工作態度比誰都認真進取。短時間他就脫穎而出，受到報社的重視，從內務調到線上，調到外勤，報導範圍從本地擴延到全國，到國際。本只坐在辦公室一角謄寫別人文章的春生，逐步晉階，開始奔波在熱線、獨訪、特約、專輯上。

哪裡有新聞有事端有爭議春生就去哪裡，他主動要求擔當艱難的任務。例如是他去勘察颱風、水旱災、坍方斷崖、土石流等；是他，去戰爭中的巴爾幹、阿富汗、伊朗、伊拉克等；是他，駐守非洲飢區、疫區、俄日核災區、地震區等。能為報社搶到一手新聞令高層讚揚不用說，別人畏縮逃避的危險任務一手都拿下，更使同儕對他都充滿了感激。

春生的成功很大一部份要歸因於他過人的機智和膽識。他總能用巧計潛伏進內部組織，探索到祕密行情，可以留影的不錯過一個鏡頭，不能留影的就把自己眼睛用成攝影機。舉例說吧，為了探查一件美術館內部盜換國寶事件，他把皮膚曬成棕褐色，留出小鬍，偽裝成從東南亞來的華僑富商收藏家。又一次他深入地下組織，和黑道攀上交情，調查一件驚險的綁架案，不但取得了別人沒法到手的資料，還順便充任中間人，協助涉案家人談判，贖出了肉票，據說對方在感激之餘贈送了六個數字的巨額酬謝呢。還有一次他偽裝成癮君子，把癮發的模樣學得唯妙唯肖，混入毒品社會，這樣自然又是獲得了一手獨家驚人資料了。

無論什麼題目由他來報導都變得有趣無比，要聞或爭議題目由他來寫最能發揮。他總是能全面照顧，穿透入裡，呈現精準的文字和獨特觀點，讓讀著的我們如身臨現場。難得的是他還能超越寫實，把我們帶入其他記者都不能達到的情境，替我們展現了比真實更真實的奇妙景象。他的文筆既順暢易讀，又深具說服力，每每專輯、專欄出現，服務處的電話就會響個不停，回應的潮水一波波接著來，報紙賣得特別好，報攤前邊排起了隊。有春生坐鎮報社，發行量增加是不用說的了，廣告方面的成長指數也直線上升，其他同業們看在眼裡只能又羨慕又嫉妒。

春生如此勤勞認真，人人都讚揚他有難得的專業精神。春生自己則心裡明白，這課業的一切努力，實在都是為了一件事——有一天，可以拿起創作的筆，寫出一部傑作。他沒有忘記從小就立下的志願，只等待時機成熟。

這時間，夏長在鄉間學校安靜地教著書。學生們都很守規矩，教學量也有限，寒暑假加起來屬於自己的時間不算少。夏長配到了一間頗寬敞的宿舍，就為自己打點出舒適的書房，把世界名作家的肖像，和自己用毛筆工整抄寫的銘言金句或掛或貼在牆上，以為鼓勵和啟發。

原來和春生一樣，夏長心中真正惦記的也另有一事；除了教務所需，並且得不時挪出時間應付升等審核，寫一些不明所以然的論著以外，他的時間和精力也都放在一件事上——寫出一篇鉅作。

夏長把頭埋在古今中外名著裡，勤讀書勤收資料作筆記，文件圖片剪貼歸納存檔，一夾夾一盒盒一捆捆一疊疊一落落，桌上椅上架上，書房裡放滿了就放去臥室廳房，廚房，只留出一條走道進出而已。

課餘的時間，他開始邊想邊寫，邊寫邊想。思路不明，運轉不順的時候，他就放下筆，抬起頭，看看窗外的竹林，鬆懈一下乾澀的眼睛和痠硬的肩臂，瞧瞧牆上貼著的名家肖像，唸一唸醒人的金句，或拿起手邊一本名著，翻開讀幾頁，試著模仿一樣的語句。

每晚入睡前，夏長躺在床上盯著天花板，構想著小說的情節，句段的連接。他把想法帶入夢裡，人說日有所思夜有所夢，果然夢裡出現了解決滯局的方法，這時他就會趕緊在夢中奔向紙筆，仔細記下來，一邊告訴自己明早一起床就把筆記謄入稿紙上。可惜的是，第二天早上醒來不是遍尋不見那張如符令一樣可以打開創作謎團的紙張，就是忘記了夢，就算是記得了夢裡說了些什麼，也發現無非都是荒唐到用不上一點的東西。

寫完一兩段，自己拿起來讀讀，似乎也還可以，怎麼再寫下去，卻很茫然。看來平淡的避世生活似乎對寫作並沒有什麼好處。不知覺中心情發生了變化，本來是天天恨不得馬上就坐到書桌前的，現在感到了勉強，本是一坐下就不想起來的，現在是坐一下就耐不住了。

越寫不下去，越不想寫；越不想寫，越寫不下去，不良循環造成，很令人懊惱，想不到一生都在設計的方案，執行起來這樣的問題重重。

從學校回來夏長開始只想吃頓輕鬆的好飯，飯後只想去外頭走走，去竹林散散步。有位學生家長給他送來了一架電視機，為了不辜負好意，本來拒絕看電視的他也就收了下來。現在晚飯後連竹林都懶得去了。

坐在躺椅上滿舒服的，看點新聞吧；看完新聞，接下的政評很熱鬧；可是言論頗無聊，轉過去公視看看；有關大自然的紀錄片有益創作的，至少可以獲得生態資料；又到播報新聞的時候了，聽一下五天的氣象預報也好。這麼對著螢光幕的節目一個接續一個看下來，還沒到睡覺時間怎麼就開始昏沉沉了。一天夏長突然發現，腦子裡盡是電視裡的人物和事務，翻來轉去的程度竟超過了自己小說中的人物和事務，懊悔和挫折感頓時涌上來。

日夜苦寫，對著稿紙夏長陷入低潮，在一片文字的迷陣間茫然掙扎，心神萎靡手筆遲疑。

各忙各的，春生和夏長已經不像小時候那樣常常在一起了，但是一年將盡的時節二人總會設法見個面，談談近況，交換一些訊息，讓老友知道自己過去一年的生活，三百六十五天的冒險。

春生告訴夏長怎樣在年初的震驚金融市場的醜案中，探出政商金權結構的體系和操作；怎樣加入公職競選的後援組織，探得賄選、地下賭盤等黑白兩道的聯手經營；怎樣穿上防彈背心踞伏在子彈橫飛的戰鬥前線；怎樣在國家領袖雲集的高峰會議旁聽席上聽取環球局勢；怎樣跋高山涉海洋踏沙漠入深林，坐直升專機視察地球生態環境文化人民等。在這一連串的熱烈緊張的行動中，怎樣見一等奇事，一等奇景，遇一等人物，嘗一等美食美酒等等。

春生慷慨的攜帶老友一同回到當時現場，共歷實況，口才特好的他總是能讓老友聽得津津有味，面上露著入迷的神情，從不在乎對方說的是真是假。替他單調狹窄貧乏的生活，春生開拓了地平線，帶來了世界。

不遠的寺堂敲起午夜的鐘聲，一聲接一聲，迴盪在清澈的寒夜，他們舉杯，互祝新年快樂。

春生的冒險終於給他招來大麻煩。關於這件事，我們得回到日前轟動了社會的「填雞案」。如果你還記得，這件緝毒案最有趣的地方是運送毒品的方式。毒販把金三角極品白牡丹填入保險套，縫入錦雞肚內，以後送上飛機。錦雞屬珍異禽類，到達地點取出貨後再高價活賣，兩樣都屬奇品能帶來巨大的利益，這是最理想的結果。萬一鳥在過程中送命，海關通常會加以燒燬，這證物一旦消失，就無罪可定了。如果海關懶得燒燬，整批扔去了大海，那麼探出地點守候在那裡，乘夜黑風高時打撈，一樣好辦。如此這般運作幾無危險，只是沒料到自己人出賣了內線情報。

如此有趣的案子名記者怎會錯過的？春生再一次巧計深入險境，探得姓名密碼等，不但協助警方破了案，在他的生花筆下，一篇精彩的報導又出現在頁首，讓人讀得不能釋手，自然服務處的電話鈴又響個不停，報攤前排出了長隊，街頭巷尾又有閒話題材了。

然而這一回黑白兩方都對春生不耐起來，黑道自然是早就要除掉他，而正經人士的忽悠顢頇屢屢被他暴露，其實也如鯁在喉，恨不得吐出他為淨的。敵意來自兩方，危險雙重，威脅信、無頭電話等開始出現。作記者的他並非不熟悉這類恐嚇，認為只要小心一點，避過風頭就能安然無事。豐富的經驗告訴他，本城人士個個忙碌又健忘，事物無論輕重大小，當今天成為昨天，明天又成為今天時，就會什麼都甩去後頭忘記了他的。

一個早晨出門上班，巷子裡走得好好的，突然側駛過來一輛貨車，他閃跳到水溝邊才避過。一天從報社回到公寓，門窗大開，甚麼也沒偷，只是屋內凌亂得像颱風過境。又一天，信封拆開時從裡掉出了一截乾手指模樣的東西。無論是否是真手指，他明白情況非比尋常。春生向報社告假，上峰收到官方壓力也正感到為難，讓他避避風頭也好，欣然批准了申請。

夜深沉，窗外田埂蟋蟀啾唧，突然響起敲門的聲音，夏長從書桌旁站起來，開了門。提著旅行袋的春生站在眼前。一句話不問，後者向老友伸出了歡迎的手臂。

遠離城市的居處很安全，來客打算暫住一段時間。主人專為他整理出一間房，來客不能更感激了。

乘此匿藏時間，索性開動那一件念念的工程吧，春生跟夏長說出了心中的打算，後者衷心的替他高興。

春生說，「在工作上這麼賣力，莫非是在做準備工作。」

「我完全明白。」夏長瞭解的點頭。

「雖然困在這裡，思路可沒人困得了，才能誰都搶不走。」春生說。

「可不是，我們都有自己的能力。」夏長非常同意。

「過去現在和未來，都在我掌控中。」春生驕傲地說。

「真是太好了。」夏長衷心替他高興。

雖是小小的一間房，卻窗明又几淨，外邊是一大片竹林，早晨有清脆的鳥鳴，黃昏有明淨的光影，沒有更清靜舒適又安全的寫作環境了。

「你一路來我這時，有人跟著你嗎？」夏長問。
「我想沒有吧。」春生說。
「有人看見你進來嗎？」
「應該是沒有的。」
「那麼是沒有一個人知道你在這裡了？」
「我想沒有一個人知道我在這裡。」
「你願意住多久就住多久吧。」夏長貼心的說。
雖然是親熟的友伴，還沒這麼日夜併手抵足的生活過呢。二人重拾記憶，溫習過去純真時光。常在各自工作告一段落或者晚飯後的時間，他們各坐桌的一邊，新沏的熱茶握在手，沒有拘束的說著聊著。深厚的友誼建基在童年，他們對彼此的坦誠和信任是到了把對方當作自己的地步呢。
春生開始告訴夏長心中的構想，夏長不能更高興的借出耳朵，於是晨昏在綠蔭的窗前，二人開始了面對面的長坐。
一邊敘述得豐滿，一邊聽得仔細；一邊是奇異的設計，一邊叫好不絕；一邊遲疑或停頓的時候，一邊耐心的等待。

一邊說得順暢，一邊就感到寬心，一邊高興起來，一邊還更興奮。說的人站起來，緊握雙手，開始在屋裡踝蹀。

「別急，坐下來，坐下來說。」聽的人瞭解的安慰。述者再坐下來，臉色因興奮而紅起來。

聽者伸過去手，親切的拍拍對方的肩頭，「歇一會，慢慢來。」茶盡了，再燒壺熱水，夏長站起來。

一邊為彼此又添滿了杯，一邊安慰，「故事是你的，誰也搶不走。」

能空出的時間都空了出來，只為老友服務，夏長對春生真是太體貼了。春生只覺得自己幸運，坐在面前的不只是一位聽者，也是一位諮詢者、導引者、知音，忠誠的陪伴，感動的鼓勵，啊，誰能遇到這樣奢侈的友情呢。

一個傾心的說，一個虔心的聽，這麼的熱切，這麼的專心屬意；他們是共分記憶的同伴，共探奇境的同路；同在場的目擊，陷構陰謀的共犯。

說者有頓錯，聽者便提醒，有遺忘，就督促，所以他們看起來也像是一邊是告白的囚犯，一邊是套供的偵探。

窗上移動著兩個人影，有時安靜，有時騷動，一會重疊，一會各據一方，形影難辨誰是誰。天漸漸亮了。

過去了多少日夜，已經不再去計數。

一天，春生請夏長帶一瓶好酒回來。

這一夜，一邊是說得特別精彩，一邊是聽得心神眩迷。

終於，話語停止。一段時間很寂然。窗外蟋蟀也屏住了呼吸。

「故事在這裡結束。」春生長長噓了一口氣。

好一會後夏長才驚醒過來，反覆撞擊在琳琅交鳴的感受中。

毫無疑問，這將是一本曠世之作。

綁架案發生得突然，報紙的大標題是，「名記者出沒難測；狡匪徒來去無蹤。」

據報導，錦雞販毒案破案後，匿跡的名記者春生昨天晚上突然出現在鄉間田埂間。

據同行友人回記，他們正走著時，突然不知何方駛來一輛黑轎車，在埂邊停下，跳出三兩個黑衣人用槍抵著腰背，將人脅劫進車廂後揚長而去。

名記者突然再現身，媒體以為頭條，大家又記起了他，紛紛追買報紙，聚坐在電視機前等待進 步消息。

同行友人是綁架案的唯一目擊證人，出現在鏡頭前，臉色蒼白努力控制著顫抖，顯然還在震驚中，手臂上明顯帶有傷痕。我們可以想像，那一時節的情況現在栩栩走過他眼前，他是在經歷著多麼驚嚇的回憶哪，失去一位摯友，多麼讓人難過啊。

被問及綁架者是誰，什麼樣子時，他遲疑了一會，低下頭，深深自責地說，天太黑，事發得太突然，沒看到對方的面目，甚至連車牌號碼都沒想到記下來。

目擊者只有模糊印象，缺乏具體線索，對偵查的幫助非常有限。

案件懸置，名記者下落不明。謠言說，當局其實是有意拖延，目的是讓案子不了了之。我們前邊提到黑白兩道都對名記者咬牙切齒，選在此時而非他時動手，自然跟選舉此刻正進行在火頭上有關了，在這敏感時期，是包括了敵我兩方的各個黨派人士都希望他不見的。

無論謠言傳聞是什麼，都不影響擅於推測文字背後真相的我們的了解，這必定是聽明的記者玩弄戲法，佈下自己失蹤的煙幕——他自然明白這一次選舉將會給他帶來怎樣的危險的；綁架案其實並沒有發生，是友人協助羅織事故，發佈假消息，混淆視聽，繼續把人窩藏在哪裡的。他在電視前的顫抖，不過是因說謊而緊張而已。

我們都欽佩名記者的才華，真希望他借虛擬綁架案而脫離險境，現在安心的匿藏在什麼地方，努力於宏志的實現，某日將以一篇傑作和我們再見面。

然而這一回失蹤卻要徹底得多，我們竟然再沒見到他的蹤影，或者聽到他的消息了。

夏長先生出版了第一本小說，寫得委實動人，誠如很多年前國文老師所預言的，一種沉潛實為大師氣質，為其他作家不能及——隱世生活果然是對創作有好處的，小說家為我們出示了最佳的例證。

這是夏長先生第一本著作，大器晚成，可說是不鳴則已一鳴驚人，評論家們一致讚好外，又高居暢銷榜不下，叫好又叫座。這樣為菁英和庶民共同喜愛，為本地述事地圖樹立了跨越疆界的嶄新標杆不說，還在國族民族在地外來語言語境轉移鬆動跨越顛覆殖民後殖民等議題上提供了不能更具涵蓋性的範本金典。它將由有關單位協助譯為多種外語，提醒國際文學界一向對我們的忽視，展示我們強勁的文化軟實力，並且同時向諾貝爾進軍！

你拿起書，懷著虔誠的傾慕，一頁頁專心的讀。然而恍惚游走在字裡行間似乎總有一種熟悉感，讓你記起了什麼。啊，我們記起的是名記者呢，是的，如果仔細讀下去，你讀到的是類似曾經在名記者的報導中見到過的那一種精彩的敘事盛景。這也難怪，低調的小說家勉強接受本城三大報訪問，謙虛的談及過去時，提到他的確曾經有一段時間的生活，是和今天還不知下落的名記者息息相疊的。

當我們一口氣讀完傑作，在餘感蕩漾中翻回到第一頁，再看那用工整的楷書字體印著的「獻給春生」，不禁為二人之間的摯情深深感動了。

（原載《自由副刊》一九九六年，原名：〈一篇偉大的小說的誕生〉）

收回的拳頭

——溫州街的故事

一日的聲光在黃昏的這時
匯集，凝聚成人間的條件
和庶世的盛景。那一條
長長的高居在牆頭的碎玻璃，
迎接著日與夜的種種時態和光線，
總是驕傲又毫不吝嗇的為底下的人間綴出節日的光暉。

阿玉沒心吃早飯，背好書包打開門，心忡忡的跳起來，這一程上學的路，像小紅帽一樣，她得通過好幾關大野狼的追蹤。

七點多，巷子的一天還沒開始，靜悄悄的一個人都沒有，可是阿玉明白這可是戰役前的寧靜，垃圾箱後頭就有敵人埋伏。

一隻手拉緊了外套的領口，另隻手扶書包，貼著巷邊的陰溝彳亍細走，越走近越緊張。

顯然今天的垃圾車還沒來過，五顏六色的塑膠袋滿到了箱外，胡亂堆成了小山頭。隔夜的菜飯、啃剩的骨頭、空瓶子罐子保麗龍盒子，一齊都從裂口吐了出來，腐爛的氣味洋溢著整條巷子。

果然從亂山崗後邊站出了老人，蓬著一頭白髮，敞著土綠色軍外套的前襟，挺直站在琳琅的垃圾之間，像個大將軍，張開沒牙的口，呼出煙樣的白氣，向阿玉呵呵的笑起來。

阿玉拔腳跑，跑呀跑，跑過了垃圾堆，跑到了巷那頭。

腳步可以暫時稍緩，可是注意力不能緩，現在要經過總司令家的外牆，必須為第二重埋伏提備。

別人都還是竹籬笆的呢，這面又高又厚水泥打得平平整整的長牆可是巷子裡最體面的一道牆了，你看那牆頭還鑲著五彩碎玻璃，正在這時的陽光下閃閃像鑽石發光呢。

可是阿玉沒時間和心思欣賞，只顧低頭垂眼快步的走。

沿著長牆走著又走著，它終究是要走完的，阿玉的心隨一步步腳步提到了口；男子躲藏在牆盡頭的電線杆後。

冷颼颼的天氣還穿著鹹菜樣的汗衫，跟電杆一樣瘦直的個子簡直就是電杆的一截，斜著眼睛等你走近來，一聲不響動也不動，除了眼珠子在滾動。阿玉從頭到腳麻起來。

男人把手探進褲襠裡摸索，啊呀，再也沒有更恐怖的舊布袋似的東西耷拉到了拉鏈外！阿玉拔腳又開始跑，跑呀跑。嘩啦啦的洗牌聲翻過碎玻璃潑來了巷子裡。昨天黃昏開始的總司令家的牌局通宵打到現在，精神一點都沒減。

半爿小店已撤下了窗版，展列出窗櫞上擺著的一包包新樂園和大大小小的瓜子、糖、花生米罐子。為何這早就開了門？啊，老闆除了賣雜貨小食外，還兼有監察本巷進出活動的工作呢，從敞開的窗面可以斜看得很清楚的是總司令家的大紅門。

現在來到菜場旁的小街，三五分鐘的路程卻走得特別久，原因是不能簡單的直過巷子，必須閃進菜場裡頭，以便應付第三重追蹤。

魚攤肉攤醬菜攤雜貨攤之間阿玉迂迴隱藏；雞籠鴨籠鵝籠後仆伏前進。

主婦們還沒提菜籃進來，營業開始前的一片忙碌，雪亮的刀刃霍霍磨在石塊上，刀落處肉開骨裂、頭尾分家。剁斬的聲音、吆喝的聲音、罵髒話、雞鴨叫喊，阿玉躲過血腥的桌板，跳過橫流的汙水，避過飛濺的渣屑，遮掩過衝鼻的腥味，像衝鋒陷陣的士兵。

尖鉤刺穿血淋淋的五臟和白花花的板油，一球球一塊塊一串串掛上了攤位。搖晃的肝腸和油花之間，浪蕩少年身影恍惚，幾翻迂迴穿梭後終至於讓他放棄了尾隨，阿玉深深吸了一口市場外的新鮮的空氣。

為什麼不去上學呢，市集遊蕩的這少年，頭髮也不去修剪一下。

阿玉按了按自己的頭髮，整了整制服，重新背正書包，早晨的險路一半已經過去了，現在振作精神，繼續向前進。

小姐，買串茉莉花，買串白蘭花吧，女孩子提著竹籃迎上來。多麼甜美殷勤的聲音，清純可愛的笑容，這麼一大早就出門幫忙家計了，多麼令人尊敬的孝心！有誰能說以上都不是美德？然而美德總是可疑的。香美的外表隱飾著魔鬼的真容。籃裡的碧綠的芋頭葉子上頭固然放著潔美的香花，葉底下藏著的也有真難堪的東西。

那是一種老師看見了立時就面紅耳赤，揚聲斥責和沒收的照片呢！

現在得甩脫照片裡的和照片外的妖精！阿玉退步閃身，拔腳再跑，跑呀跑，跑過了十字路口，跑過了公賣局，跑過了小公園，一排大榕樹的後邊學校的牆垛在望了。

隔著街面看過去，校門口空蕩蕩的已經沒人進出；啊呀糟糕，這一路的戰局耗費太多時間，竟是讓自己又遲到了。不過，只要衝過街，在校門尚未完全闔上之前衝進門裡就不會給算遲到的。

街邊停著的十二輪軍用卡車發動引擎，呼哼起來，慢吞吞的往前開動了。

一輛接一輛，無休又無止，時間是這樣的漫長。

八點的警鈴響了，女高音尖聲叫起來，在駛動著的車輛和車輛之間校門時隱時現，這麼的接近又這麼的遙遠。

最後一輛卡車到底是等過去了，可是大門已經全然的嚴嚴的闔上了。

現在必須轉從後門入校；阿玉驟然重新緊張——後門，有最可怕的第四重埋伏！女高音還在叫，估計訓導主任還沒轉到後門去監督。如果可以趕緊進入那狹窄的後門，閃入冬青樹的後邊，從樹叢後匍伏前進，跳上台階，竄入走廊，教室在望，一切災難就能過去，只盼運氣好。

站住！哪裡去？不料門後早已設下襲擊。

過來，站到這裡來！阿玉怯怯遵照指令移動腳步，那是砲彈直接射擊的前線了。

遲到還想跑！跑到哪裡去！還不給我趕快進教室放書包去操場集合！

正是打算這麼做的呀，阿玉在心裡嘀咕。對女生大喊大叫還算是客氣的，要是男生，早就後腦勺一巴掌了。

阿玉走進教室，卻不想去操場聽訓話和做早操。但是朝會時間是不准留在教室裡的，值班老師就會一間間的巡邏過來的。

桌下不是藏身的好地方，廁所也不理想，教室巡邏完畢緊接便會轉到廁所去以後，就會毫不顧慮裡邊是否有人就踢開一扇扇門的。逃朝會給抓到是一個小過，要是遇到值班的是飛毛腿體育老師，更會遇到兩隻特別有勁的手指把你從耳朵拎起來，拎去走廊。

然後你就得在那兒站一個上午，任由同學——包括了自以為了不起的林美美——來去觀看，這才是最糟的。

那麼，應該躲去哪裡呢？

牆角的清潔櫥的後邊，有一個在拖把、掃把、雞毛撢、抹布水桶等等之間的隱蔽的三角形空間。

先擱好書包，環視一下內外。沒有人。走到櫥側用兩隻手臂使勁挪開一點縫隙。這麼不出聲的躲著，等朝會結束了，乘同學們亂糟糟涌進教室時，加入群體，就能獲得安全。

操場上的動靜遙遙的傳過來；嗡嗡的訓話聲，口令聲，擊掌聲，呼叫聲，喇叭嘎嘎播放著進行曲，跳躍的小腿噗噗落在泥土地上。

有點冷，阿玉蹺緊了手腳，讓自己的體溫暖和著自己，掃把和拖把之間的園地是多麼的安穩舒服，這一程衝鋒陷陣也是挺累人的呢。在模糊的各種聲音中，阿玉的眼線逐漸恍惚，晃起了頭頸，闔上了眼皮。

小窩裡的早晨的小小的瞌睡，為女孩子引來了什麼樣的甜甜的小夢呢。

直到走廊的水門汀擦起腳步聲，一步一步往這邊接近，阿玉才驚醒過來，這第五重伏襲卻是攸關死生的。

索，索，塑膠的鞋底拖磨著地面，唆，唆，進來了這間教室。阿玉收緊四肢，密密包蜷成一個刀槍不入的甲殼蟲。

經過一排一排的桌椅，顯然向儲藏櫃這邊來。

如果能對自己吹一口氣，不見了，或者身穿的是一件隱身衣就好了。

鞋聲停止在櫥櫃前。世界一瞬間很寂然。

哆哆，指節輕敲了兩下櫥壁的門板。金絲邊眼鏡在夾縫之間閃了閃。

啊，不是飛毛腿，是施老師！

「櫃子後邊有人嗎？」後邊一聲也不響。

「嗯，不會有人的，」施老師喃喃自語，「老鼠會咬人的。」

金絲鏡框晃出了縫隙，雙手剪在身後，駝著一點背脊，塑膠鞋底再次搓擦著地面，出了教室，往下一間去了。

同學們終於像放風的小雞回籠一般給驅趕回來了。

阿玉不敢抬頭。這整節課她打定了主意，就這麼低頭只管把眼睛放在書本上，專心於紙上的課文，不去抬頭看黑板，看老師。

眾聲琅琅，大家唸得很專心，「子非魚安知魚之樂安知我不知魚之樂我非子固不知子矣子固非魚也子之不知魚之樂全矣。」讀畢了。

「好，唸得很好。」施老師開始一一講解詞句用意。

垂眼看著一行行的鉛字，字體開始融化了，老師的聲音有一點兒恍惚，教室的四壁模糊了，往後退往後退。從座位裡飄起來，飄出了窗子，飄過了操場，飄去了原野。

都懂了嗎？施老師問。大家一片鴉然沒人答應，就是都懂了的意思了。

那麼，老師走到阿玉的桌前。咕噥說了一兩句話。

阿玉顯然還在原野上飄舞呢。

呵哼，施老師清了一下喉，阿玉慌忙坐正了身子。

「這一句，是什麼意思，說說看。」老師鼓勵。

米糕偷偷在旁指點句子在書頁上的位置。

就是，就是——

就是——「吃一條魚很快樂的意思。」

施老師歪頭露出考慮的神情，嗯，真的嗎？推了推金絲眼鏡，又清了一下喉，「能一個人吃一條魚的確是很快樂的。」

老師沒有責備的意思。同學們因多也在原野上飄遊，不及注意到二人之間的交流。

作文簿子都改好了，施老師一一發還給大家。

「請回家仔細看看，有問題到辦公室來找我。」施老師說。

下課鈴響了，到底是等到了釋放，阿玉闔上書本，揚起頭，深深呼出一口氣。

「同學們，」休息時間級任老師突然跨進教室，「同學們，」老師站上講台，「等下有重要的廣播，大家各就各位，不可再出教室、再去上廁所。」

安靜！安靜！老師一再提高聲音，不要走來走去，坐回自己的位子！大家都坐好！

經過了一段殷切的等待，架在黑板上端的方盒子到底是發出了咋咋軋軋聲，一會後雜音並沒有減退，但是有人開始講話了。

全國軍民同胞們，啊呀，是總裁親自講話呢，大家都在座位上坐正了。

學期還沒結束，施老師突然不來上課了，國文課進來教室的是一位穿旗袍的年輕女老師，腰身美妙，在講台上走動時下襬開衩的地方隱約現出肉色尼龍絲襪的襪頭。漂亮女老師問話的時候要是不能回答，或者答錯了，就會跟你煞下臉來，不准你坐下來，這是得在自己座位站上整堂課的。

不見在教室裡，不見在走廊上，不見在辦公室，那瘦瘦的人影，緩慢的步子，微駝的背，和氣的笑容。

去了哪兒？阿玉在心裡嘀咕，不是施老師值班，再躲進三角櫃後可要三思而後行了。

總司令搬家了，據說給調去了南部，香菸小店隨之不再營業，闔上了木板窗扉。那道長牆外邊，沿著陰溝出現了鐵皮小屋，不，不能稱之為屋，三五塊鐵皮和磚頭搭成的是遮身避雨的窩棚而已，廁所真是不折不扣的茅房，和學校剛建成的沖水馬桶不能比。

窩棚住進了男女老少，有些還穿著軍服，據說都是從外島撤退回來的。

沿著結實的長牆窩棚愈搭愈多，人口愈是繁雜，安靜的巷子熱鬧起來了。

茅房門總是不見關起來，幾塊長木條拼成的在那裡晃呀晃的，臭氣晃揚在巷子裡，掩過了垃圾箱的氣味。

不過大將軍和瘦男人都不見了，這下子倒是可以安心進出，放慢腳步，再不用走得提心吊膽了。

七點多，天氣涼颼颼的，阿玉加穿了夾裡的黑外套制服，上學走過巷子，看見早起的老人偎著棉襖坐在門檻邊的小板凳上，穿軍服的男人拿著牙缸站在門口操練噴水到十丈遠成霧花的功夫。年輕的婦人背著孩子蹲在地上引煤球。舊報紙和小樹枝，放入底下的爐口，歪頸一口口吹著，吹出了小小的火苗，端放在爐上的煤球從無數的小孔冒出嬝嬝的白煙，飄散出嗆鼻的氣味。

孩子熟睡在背上的花布包袱裡，毛黃的小頭顱脫線娃娃一樣耷落在盛放的牡丹綠葉間。

下午放學時經過，你看見老奶奶在門口小板凳上剝豆子，婦人在搪瓷臉盆裡涮洗白菜葉，男人依舊依門抽著菸，目送你走過，向你吐煙圈，小孩赤腳跑來跑去，你邊走邊得躲閃，別得撞跌了。賣烤紅薯的，賣油餅的、臭豆腐的、豆花的、爆米花的，在不同的時間造訪。愈來愈窄的巷面有人搭起臨時的爐灶，收來幾張沒人要的桌椅，掛出斜歪的字體寫著的招牌，擺出了自家小麵攤。

晚霞滿天，煤球燒得正艷，蔥薑蒜嗆的一聲入鍋，不久各種食材佐料油鹽醬醋在鍋鏟聲中撥炒出辛辣的香味，掩蓋了廁所和垃圾箱的臭味。

一日的聲光在黃昏的這時匯集，凝聚成人間的條件和庶世的盛景。那一條長長的高居在牆頭的碎玻璃，迎接著日與夜的種種時態和光線，總是驕傲又毫不吝嗇的為底下的人間綴出節日的光暉。

說是夜裡教員宿舍來了幾個中山裝，把人給帶走了，原來是匪諜呢。

校園裡不見了施老師。旗袍美女天天上課，變成了真正的國文老師了。作文簿出現琳琅滿目的紅批，文尾大字寫道，「盼慎用形容詞！」

那一天，在櫥櫃後頭打瞌睡的時間，很多年以後阿玉才明白，原來不遠的外島正在和對岸進行著一場殊死戰，結局關係著島嶼的存活和海峽兩岸的未來。一天之內，小島承受了數萬發遠近程砲彈，指揮官在戰敗的最後拉開了為自己保留的一顆手榴彈。

一九五五年一月十九日。

在阿玉的記憶中，那是一個冬天的遲到的早晨。她仍記得巷子的冷颼，一路的緊張，逃朝會的驚險，國文課的尷尬，還有擴音器咋咋雜音伴隨著的嗡嗡講話，講話中的一個句子——我們撤守是把拳頭收回，為了再打出去更有力。

到底發生了什麼事，去了哪兒，施老師再也沒有了消息。

（原載《世界副刊》二〇〇八年六月二十六日）

似錦前程
——溫州街的故事

是的他是一定知道的，知道那一種蟲咬的感覺，
希望發生又害怕發生的期待，隱隱約約的愁悶，
不知名目的惆悵，等待出發的惶然，啓程前的焦慮。
尤其是尾隨不去的一種無名的惶恐，
如同一條小蟲從蜿蜒的小徑探出頭，吐出濕舌頭，
咬著心裡的角落。

阿玉伏下身子，藏到屋脊的背後。從巷子的那頭他出現，穿著淺藍色的短袖襯衫，一步步往這頭走過來。

站在屋頂上已經好一會了，為什麼還不下去呢？母雞不是已經趕下去了嗎？

先剪去翅膀，就沒這事了，母親說。

剪去了就不好看了，父親說。

雞是養來吃的，不是養來看的，母親說。

待我照過幾張相再說吧，父親說。在大學門口相館定了的那架照相機，隨時就會到的。

這隻洛島紅的羽色特別紅潤特別光澤精神，父親稱讚。

好在是飛到了自己家的屋頂上，飛去了別人家可不更麻煩。母親說。

颱風目前徘徊在台灣海峽東南海域，如果轉向西北就能直襲本島，氣象局報告，現提高警覺密切觀察追蹤中。

忽雨忽晴的果然是典型颱風天氣，早晨剛灑過一陣快雨，雨洗後的瓦色青亮得像魚鱗，太陽底下烝發著細細的煙氣。

一步步從巷口往巷心過來，瘦瘦的身材，先是正面的走，經過底下巷面時只看得見一頭頂的髮。然後轉成側面，轉成背面。

阿玉從屋脊後站直了腰身，目送他消失在巷口。

原來雞還能飛得這麼高，這麼遠的，在院子裡仰頭看著的父親說。

怕是乘著颱風飛上去的。母親說。

從哪條巷子拐過來？要去什麼地方？

快下來，快下來，父親說，瓦滑小心摔下來。

不如就留在這屋脊上吧，不用下去面對一天的焦慮，一天的惶然。就要第一次離開家，一個人去一個完全陌生的地方了。

別怕，培養獨立精神，未來在前面迎接呢，父親鼓勵。

據說一開水龍頭就有熱水的，每天得一桶桶接水燒熱水的母親說。

尋人招貼上的女孩子笑著，細瞇著眼睛，門牙不很整齊，照片顯然是開心時拍的。

但是現在女孩子不見了。失蹤日期就在昨天。白衫黑裙球鞋，任何線索請儘速來電酬報不計。

是放學時候給壞人拐走的嗎？還是乘颱風來自己離家出走的？

男子不懷好意的擠在背後，一宿的口氣加煙氣就吹在自己的頸旁，下身貼過來。啊，在擁擠的公車上常有的一件事就要發生了。隨車的晃動果然摩擦開始。那麼，現在只好在擁擠的人體之間奮勇向前了。

悠晃著車身公車若無其事的開著，沿著水圳和圳岸上的木麻黃，從車窗陽光一簇一簇的照進來，松針的影子虛晃在隨車搖晃的沒有表情的人臉上。

停站了，前後門打開，乘客同時擠上和擠下，她拉緊把手站穩兩腳，突然發現他走在車窗外的對岸。

一陣騷亂後門關上，公車又搖擺起來。她在車窗這邊隨著他一起向前走。車開始加速，他落後了；他反停下腳步，走近圳岸邊的雜草叢，低頭看起了水面。

溝水裡有什麼好看的東西，這樣吸引了他的注意？帶著問號她只能看他低頭的身影離她愈來愈遠了。

日曆劃去一格，啟程日期再接近一天。從早到晚蟬拉著嗓子單調的喊。汗在衣領下醞釀著陰謀。

十字路口對面她又看見他，和她一樣在等紅綠燈過街。她的頭皮麻起來，躲去公共電話亭後假裝整理陽傘，不想讓他看見。

行人從四方聚來安全島，綠燈還沒見亮就你推我擠蜂擁上了斑馬線。他在過街的眾人中時隱時現，只有他慢慢的走，安然的走，不管周身的喧鬧，八月的烈陽照滿了他一臉。

要帶的東西都買齊了？母親叮嚀。這回可是喜歡什麼就能買什麼的，不過能帶的行李有限，自然也是不能亂買的。

禮拜天的地攤又齊全又便宜，母親提出購物的意見。

十點不到，就已經從公園旁邊一路攤到小學門口的水泥人行道上了。成衣舖違規侵占道面，用鐵絲和塑膠布架起篷帳，懸掛出各式各色的男女長短袖襯衫大花碎花團花裙子長短褲牛仔褲，蕾絲尼龍襯裙內衣內褲。

他出現在一條市集的那頭，經過小學門前的水泥地，正走到成衣攤的篷帳下。各式各色的衣服透著八、九點的光線都轉成透明，燦光光的飄揚在他的頭上肩上。

一件裙子撩到了他的髮。他停下步子，斜頭避開，卻注意起裙子來，伸手探了探裙角；難道他是想起了漂亮的藍花裙子可以買給誰嗎？隔著一段距離，他的舉止總是叫她充滿了好奇。

貨該到了吧，父親咕噥，走之前要拍幾張相的。

阿玉，上街的時候幫我去跟好朋友問問看。好朋友不是好朋友，是相館名。

遙遙站在店門對街的木棉樹底下，依舊是一個人，在他的頭上木棉正展放著盛夏的茂姿，樹葉伸張成掌的形狀，托著仰天的手姿。

如同日常的發生，老友的不期而遇，如同具有默契的重逢，彷彿他的出現就是為了她；他是否知道她在注意著他呢？

在晚上於是阿玉開始夢見他站在橋上，水岸邊，走在長長的過道上，出現在沒有標誌的空曠裡，睡房的黑暗裡，和第二天早晨朦朧亮起來的天光中。

阿玉睜開眼睛，一天又惶然的來臨。

他們之間不是隔著一段距離，就是在芸芸眾生間交錯而行。她不想貼到他跟前去，所以他的模樣到現在都還沒能好好的端詳。然而他總是在發佈著一種訊息，帶著一種憂鬱又甜蜜的氣質，叫人迴腸蕩氣。

有一種人，不用接近不用說一句話，就能在眼神中明白，在一個偶然的手勢中通曉一切的。

是的他是一定知道的，知道那一種蟲咬的感覺，希望發生又害怕發生的期待，隱隱約約的愁悶，不知名目的惆悵，等待出發的惶然，啟程前的焦慮。尤其是尾隨不去的一種無名的惶恐，如同一條小蟲從蜿蜒的小徑探出頭，吐出濕舌頭，咬著心裡的角落。

於是他就出現在她日程中的某一節某一地，給她打氣。

別每天沒頭蒼蠅的晃來晃去，該收拾行李了，母親提醒。

照相店老闆親自送了過來，父親捧著愛不釋手，珍寶一樣揣在懷裡搓摩，用額外贈送的黃色絲絨擦個不停，銀色的外殼就愈來愈閃亮了。

老式照相機，不是從方盒子的後頭，是從盒子頂上看鏡頭的，快門按下時還會磕喫的一聲響，不過掛在胸前立時便給予了攝影家的姿勢。

鏡頭寬敞，焦距清楚。父親發表專家評語。

洛島紅踏著神氣的步子，滴溜斜著黑眼珠，讓攝影家跟前跟後，磕喫磕喫。

來，阿玉，過來，站到花跟前，父親揮手。那是攀爬在竹籬笆上的一叢綴滿了洋紅色花朵的龍吐珠。

低頭彎頸垂著眼瞼，臉都看不見了，只有兩條眉毛停歇在相機的上面，頭上一部少年白都翻掀在黃昏五、六時的光線裡。

看這邊，來，抬起頭。方盒後邊揚起一隻手，指揮著花前的位置。

她抬起頭，看著鏡頭，少年的身姿凝結在鏡頭裡，意志銘刻在焦距中。是的，她曾經釐定志向，要離開這巷子，有一天，是的，有一天，要去改變世界，創造未來。

世界沒改變前，依舊是隨時危機四伏的；母親的意思是，就要動身了，該殺隻雞來給阿玉送行。

洛島紅收斂了神氣，開始步步走得謹慎。

不能殺，父親說。

不是已經照好了相嗎？母親問。

不可殺，父親堅持，不可殺。

一向是好說話的，可是這回倒少有的堅持起來，於是就由一隻命運欠佳的同類取代了。

滾水淋在大鍋裡的整隻雞身上，這麼燙過之後雞毛就能一把把隨手扯下來了。可是細毛還是得仔細的揪，這工作歸阿玉。

搬過來一個小板凳，坐在龍眼樹的樹蔭下，工具是母親撿眉毛的小夾子。日光灑滿庭院。燉排骨已經飄香。蛋捲冰淇淋車在鄰巷按著喇叭。小學的方向傳來模糊的軍樂，間隔著模糊的口令，和孩子們嬉玩的聲音。拔毛的動作悄然無聲，在遙遠的光陰中聚精會神。

強勢總能勝利的道理再一次獲得了實證；又抖起油亮的羽毛踱著神氣的步子，全家生活得最振奮最有信心最不知死活的就是這隻洛島紅了。

在呂宋群島肆虐一陣以後，颱風的裙緣掃過了島嶼，以迴旋的走勢消失在太平洋。報紙報導某處某處淹水坍方某處某處樓倒屋塌。於溫州街這一處，則吹折了幾枝大樹幹，竹籬笆躺下在陰溝邊，扯落了一些電線。小心，別踩絆到了高壓線。

電杆傾斜，招貼全張都淋濕了，女孩子的笑靨汪出了淚水。

還沒找到麼？到底是去了哪兒呢？家人怎樣的擔心著哪。

風雨後的蟲聲特別清亮。相思樹風停了自己搖晃，細密的葉影挑逗著紗窗。浮雲在快速的流動中變化形狀。榻榻米上斜躺著一塊訊息曖昧的月光。

好在夏夜的悶熱持續到後來總能讓人昏沉沉的，那麼把所有都擱置，在明天再來前，讓思索沉陷到柔軟的睡眠裡，讓遺忘逐漸據有一切吧。

「機票可訂好了？」父親關心。

「訂好了。」阿玉回答。

「等你記得的呢。」母親是在對父親說話。

「八點起飛，那麼天不亮就得起床了。」父親說，「我還沒去過飛機場呢。」

就算飛機上有吃的，路上還得再帶著點，母親認為，要阿玉去備些餅乾花生糖果類。

電杆還斜在原地，現在貼著的是吉屋出租的廣告；尋人招貼不見了。

已經找到了嗎？平安回家了嗎？

通往水源的一條街還沒鋪上瀝青，公路局大車顛晃過去，除了吐黑煙以外還揚起一頭一臉的塵沙。下班放學的人潮和車輛爭奪天下，兩排路燈不甘落後的亮起來了。

點心店應時擺出下午的新貨，金黃的蛋塔，鬆脆的餡餅，掐花的餅乾，一盤盤敞放在玻璃櫃檯上，土司麵包，蔥油麵包，奶油波羅麵包，紅豆餡麵包，一個個疊陳在竹籃子裡，漂亮的形狀，豐足的模樣，出爐的烤香從店裡溢到了街上。

黃昏溫暖的擁罩過來，安定了世態人心，把街化成為一道光。他在期待中又出現。她睜大眼睛，放長視線，專心的捕捉，努力的追隨，一心一意和他取得聯繫，在她和他之間的距離張出揚帆的勢力。

像是意識了她的追隨，明白了她的心思，突然他止住腳步，在人海茫茫中轉過身來，從世界的那一端，宇宙的那一方，遙遠又臨近的舉起了手臂——

是為了什麼呢？為了扶正眼鏡？順一下頭髮？還是驅趕纏在頭上的蚊子？

時間中止，人間靜止，空間從四方收攏——他總是要讓她驚喜。

是的，她明白，前述種種原因或道理都是不相關的——他轉過身，是要跟她說再見呢。

晚霞燦爛的天空，他舉起手臂，跟她揮手，與她道別，在很多年很多年以前的一個永恆的黃昏，以一個天長地久的手姿，祝她前程似錦。

金合歡——溫州街的故事

數到了第十二天雨到底是停了，
十二隻鴿子飛過陽台，
樹頂吐出紅綢子的花瓣，
抽出金色的舌蕊，從最高的一層開始，
一層層往下開，等到六月的陽光一曬足，
整樹就燒了起來，有風的時候顫顫的掀著，
真正是要飛起來的鳳凰樹。

當阿麗中午在食堂吃完便當，望著眼前一排排桌椅，等待下午班開始時，她就會想起婚禮那一天，結婚戒指跌進了下水道。

那是一個白金的指環，中央嵌有一顆橢圓形的鑽石，周圍鑲著十二顆小鑽。禮拜六下午正雄不上班，陪阿麗到金富銀樓低頭對著一櫃枱的亮晶晶，從下午選到了太陽下山，阿麗還是拿不下主意。

正雄忍不住又打了個呵欠，「就這個吧。表示十二個月都愛妳。」

阿麗從黑絲絨墊上小心拿起指戒端詳，十二個小鑽閃得一眼光芒。小心的套在無名指，正合適呢，對著店門口的最後天光，冷艷的白金白鑽把她整隻手都襯得透亮。

小心的再退下了它，放回絲絨墊上，跟耐心的女店員說，「好，就這支。」

阿麗挽著正雄的手臂，隨著樂隊電子琴的拍子，用指尖挑起一角婚紗，在兩排微笑之間低頭走過長長的甬道，從攝氏二十五度的禮堂踏入三十八度的室外。

領口腰身立時都冒出了汗，沁濕了緊身的禮服。本就黏身的人造纖維綳得實實的，全身箍上了一圈不讓你透氣的鋼網。

百合遇到暑氣從梗底吐出綠色的黏液，沾上了鏤花雪白長手套，阿麗從花束底下騰出一隻手，試著把汗濕的手指從弄髒了的手套裡抽出來。

剝皮一樣一節節扯出手指，扯到無名指時她忘記新戴的指環，一使勁，竟把它連著手套也給扯了下來。

方才給千祝福萬祝福的指環掉落在門口的台階上，一連蹦跳了三個台階，蹦進了下水道的鐵蓋下。

呃……阿麗半張了口，說不出話，全身熱汗變成了涼水。

爆竹點燃了，跟在後頭的樂隊又開始吹打得熱烈，大伯母、二姨媽、三叔公、四姑婆、五舅爺、兄弟姊妹堂表兄弟姊妹的歡呼聲中，新郎忙著答禮，沒有人注意到這裡的發生。

阿麗驚恐的抬起眼，看見街道兩旁種植著的合歡樹，正開著滿樹的金紅色的花朵。

一陣微風吹過，幾片花瓣無聲的飄下。十二個月的愛情，啊，就這樣落了空。

整個蜜月阿麗甜美的笑容後邊都隱藏著憂愁，只要正雄一說出街借接節揭截劫，還是圈拳泉勸犬權，還是吃到蔥圈魚丸圈圈餅，她的頭皮就會緊起來，神經暗自上電。

正雄倒是沒看出那愛的象徵已經不見了在新婚妻子的手指上，甚至在手與手接觸的時候都沒覺察到什麼東西缺少了。阿麗稍稍放了心。

第三十一天回來，阿麗對著梳妝枱，憂心忡忡地睡不足，眼皮已悄悄的浮腫了。

從此每早七點半不用鬧鐘她就醒過來。睜開眼睛，早晨的一塊斜光在天花板上悄悄等候她。躡著手腳下了床，別吵醒身邊還在熟睡的一家之主。拖鞋不知踢去了哪兒，就這麼光腳板走在涼涼的賽璐珞地板上。

日光悄悄跟她來到廚房，停在爐台上。她舀了一小碗米，撿去黑了霉了缺了角的，直到淘米水變成了清水，她重新加到七分滿，坐上爐眼。不過打了兩次火，廚房裡就滿是煤氣的味道了。

就站在鍋邊等水開，她捏小煤氣，只讓爐上跳動著一圈藍色的星光，然後拿根勺子攪了攪鍋底。可不能結底的，正雄早上喜歡吃的是新煮的無疵的白稀飯，這是婆婆的耳提面命。

小火細細熬著的時間，她從鐵罐裡撥出油炸去皮花生米，玻璃罐裡自己細炒出的肉鬆，從冰箱拿出包在瓷碗裡的自己醃製的醬黃瓜，鹹蛋切成兩半——正雄喜歡對開的帶油蛋黃，一一都盛放在印著瑞士花的大同瓷碟上，這有六十四件的整套餐具還是姑嫂們合送的結婚禮物呢。

然後她穿鞋開門下樓，從前庭的台階上拾起來早報，拿回家裡端正的放在餐桌邊。

阿雄阿雄，她在他的耳邊輕輕喚。對方眼睛不情願的睜開了。瞇著看了好一會，勉強掀開了被頭。第一件事是去上廁所。

阿麗最喜歡坐在丈夫的對面，看他享受她細心準備的早餐，尤其喜歡看他用小勺舀出整半個沁油的蛋黃，一口放入嘴裡。蛋白是不吃的，就留放在原來盤子裡。

正雄回去臥室，穿上阿麗昨天新燙洗好的長褲、襯衫、領帶，和襪子，再梳一梳頭髮讓髮油分布得更均勻，穿衣鏡前左右端詳，對自己各方面都頗感信心。

她聽見他關上大門，引擎發動，機車拖曳著尾音逐漸遠去了。

現在輪到她坐下來吃早飯了。手指沾一點口水把餘留在磁碟上的肉鬆都拈進口，蛋白鹹了點，但是也吃完它別浪費了，節儉是主婦的美德。

在丈夫下班回來的六點鐘以前，有十個小時的家務要完成，包括掃地擦地洗廚房廁所整理臥室客廳買菜洗衣備飯等等。日日如一日，勤勞又耐心，朝向家長家人們都殷殷期待的典範邁進。

從廁所一路脫到臥室的衣物一件件揀收起來，髒襪子只拾到一隻。另一隻在哪兒？最可能的地方應該是臥室的床邊或床下，廁所的馬桶邊，客廳的沙發旁。一屋接一屋她重新仔細的再走過一遍，尋覓那一隻落單的襪子。

七點半，不用鬧鐘的醒過來。斜光已經在天花板上悄悄的等待。早飯備齊全後她坐下來在餐桌邊稍息一下。

昨夜作的是什麼夢，啊，已經忘記了。

機車的尾音消失。天氣有點熱了。

小心水量，緩緩的加，讓盆土慢慢吸收，別讓水滿出墊盆。小心裙角，別給弄濕了。

陽台上放著的一盆石榴，一盆秋海棠，一盆變葉木，一盆虎尾蘭，和一盆可以掐來直接抹在臉上增進皮膚美白的蘆薈。

太陽給對面的樓房擋著，還沒翻照到這邊的陽台，石榴怯怯的現出了新芽，米粒大的綠點捲藏在去冬沒有落葉的老枝上。海棠的葉腋也萌出了花苞了。

在新葉和苞蕾之間，她看見他站在樓下大門旁的大樹下。

「從南部上來念書的大學生，」房東太太說，「租了頂樓的小房間。」

八九點鐘的陽光透過樹葉點點落在他的頭肩上，看不見臉，看得見的是滿滿一頭頂的年輕的髮。

那是一棵什麼樹？那也是一棵合歡樹呢。

閣樓是鐵皮搭出的違章建築，沒有廚房的。

「學生吃食簡單，一天三頓張羅在外頭。」房東說，用指甲挑弄著剛從菜場美容店做回來的米粉頭。

七點半，不用鬧鐘的醒來。昨晚連續劇裡的人物一個個不請再現。她不明白為什麼俠客要放過刀客，奸臣取代忠臣，皇帝愛上遠不及這個妃子聰明的那個妃子。在斜光耐心等待著她起身的時間，思索著這些重複在每一集裡的問題。

樹下的南部來的學生已經換上了短袖襯衫，露出等待著夏天陽光的白手臂，衣著模樣純樸。

是個鄉下人吧？她揣測。

突然他抬起頭，她忙委下身子，躲藏到石榴的後頭。

像似在觀察和揣摩今天的天氣，然後他抬起腳步，向巷口走去了，背影一尺尺漸拉長在早晨的斜光裡。她站直了身子，從陽台探出頭去，短袖襯衫和白球鞋在巷口轉彎，不見了。

她醒過來，枕邊人依舊在熟睡。沒有特別的歡喜或驚奇，沒有熱烈的期待或失望。天花板不見那塊忠心的斜光，她起身看了看小几上的時鐘，原來才六點多鐘，那麼再躺一會也無妨。

巴掌大的閣樓鐵定又悶又熱，沒有廚房也真是不方便的。

用腳趾探到床下的拖鞋，躡著手腳走到梳妝枱前。從第三十一天開始浮腫的眼皮，怎麼這麼久了還沒完全地消去呢。拿起梳子輕輕的梳，不能吵醒熟睡的人。梳子纏上了幾根髮，她根根仔細揪出來，揉成一小球，扔進了角落的字紙簍。

陽台還在對面的樓影裡，涼陰陰的。樓下的台階上還留著一塊昨夜的雨。前庭沒有人。大門口沒有人，樹下也沒有人。想必是還沒起床呢。對面的胖太太起得倒早，牽出了毛蓬鬆得跟房東太太米粉頭一個髮式的白狐狸狗。

很多事情等著做呢，不應佇站在這陽台上，她轉身進屋裡，輕手帶上了陽台的落地窗。

不過是習慣了他總是出現在早晨的大門口，抬頭查看今天的天氣，然後一前一後的踏出白球鞋，如此而已。她過的是幸福美滿的主婦生活，幸福得第二天坐在早飯的桌旁等待丈夫起床的時間，昨夜的夢都是不記得的。

便有一種期待悠悠的出現在心頭，每當每天不用鬧鐘就準時睜開眼睛的時候。她想他是否就睡在閣樓上和自己一樣的床位，是否已經醒來。

她轉頭看枕邊的一家之主，臉上薄薄敷著一層積夜的臉油，一根鼻毛偷偷溜到了鼻孔外。

台北的天氣總是這麼潮濕，被裡漲著水氣，腳趾之間濕漉漉的。

好像有件什麼事應該發生，需要發生，究竟是什麼事她並不清楚，曖昧籠統隱隱約約的，像花芽藏在葉腋裡萌長。

沸騰了的鍋水漫出了鍋外，攤了一爐頭，煤氣受委屈的抖著，都要熄滅了，她驚醒過來，連忙把火捏小了，拿塊濕抹布抹乾淨爐頭。

我也許只比他大幾歲而已，站在水池前沖洗黏答答的抹布，她想。

陽光還沒有進巷，上班上學的人還沒有出門，還沒有垃圾車，沒有狐狸狗，一條巷子靜悄悄的。合歡樹的枝幹擺布出優美的身姿，悠悠的舒展著流蘇般的葉子。

大學生不再出現已經有一陣子了。家裡有事，回南部家裡去了，房東太太說。

綿綿連下了幾天雨，樹皮的顏色從褐黃轉成了翠綠，萌出點點金色的花蕾。她開始記掛南部青年會不會再回來住，她會不會再見他。

這梅雨下也下不停，可叫人煩的。

數到了第十二天雨到底是停了，十二隻鴿子飛過陽台，樹頂吐出紅綢子的花瓣，抽出金色的舌蕊，從最高的一層開始，一層層往下開，等到六月的陽光一曬足，整樹就燒了起來，有風的時候顫顫的掀著，真正是要飛起來的鳳凰樹。

一天晚上她夢見他，在海邊，天很藍，海水拍打著海灘鑲滾出白色的花邊。她的臉龐被海風吹得飽滿，身腰厚實得像棵樹，手腳都健壯了。

跟我來，她跟他說，拉起他的手。她的手腕有勁，腳步穩健，牽著他，在沙灘上奔跑，跑過灘地，跑過海水，跑向地平線。

地平線上，門口那株合歡悄悄綻放著一樹的花等待著她。

她醒過來，七點半，禮拜天。和昨天一樣的天氣，同樣的位置晨光斜等在天花板。不用上班所以男主人起得晚一些，在廁所的時間久一點，早飯桌上報紙看得更仔細。她已把剩在盤碟上的東西都吃清了，對面的報紙還沒有翻掀下來。對著報紙她說，「我出去找個工作吧。」報紙後邊沒有反應。那一滿頁大大小小的鉛字開始變大變小。一會後到底是折下了上一半。

「什麼？」不明所以然的樣子。

「我想出去工作。」她重複。

禮拜天不上班不用敷髮油，頭髮蓬鬆得倒也很自然可愛。

「在家裡待著不好嗎？又從來沒出去做過事，做得了嗎？」

上工的第一天，阿麗緊張得天濛亮就起來了。早飯提早備好，化妝盒也昨夜就提前從臥室拿擺在廁所的枱子上的。

用指尖沾出一小點胭脂，點水才能在掌心融開；多久沒用了？水淺紅的一向是她最喜歡的腮紅顏色。

穿上鵝黃的衣連裙，配上朱紅的細皮帶，再繫一條桔紅的紗巾；清早有點涼。

拿著裝了便當的手袋輕輕帶上門，床上人仍在熟睡中，可是她得趕七點鐘的班車。給自己多留出一些摸索地址的時間吧，免得第一天上工就遲到了。

清晨在門外迎接她，跟他一樣站在樹下抬頭也觀察揣摩了一會今天的天氣，然後她挺起腰背，踏出了步子。

起了一陣微風，吹落下一陣紛紛的紅綢子花瓣，灑得她頭上肩上的像個新娘子。

（原載《人間副刊》一九八三年五月二十二日）

失去的庭園

一座庭院。二層樓房圍著長方形的草地。

靠南的這邊種著一排垂枝薔薇，正開著淺洋紅色的複瓣花。

那邊沿樓牆植有十多株櫻樹，也許因為依長在樓蔭裡，

幹和枝的姿態都特別纖秀。

小路蜿蜒斜穿過草地引向樓的後門，

入口台階旁有一株高大的印度黃檀……

各種文學形式之間，小說之具有特別的吸引力，是因為它能來去在現實和幻想、寫實和非寫實之間，用後者來彌補、救援前者，呈現人間困境，為弱者說話，提拔沉淪。

但是小說也最難寫。好的小說得同時具有詩和神話的品質，詩代表了不能翻譯的語言、獨特的個人風格，是美學的部份；神話代表了迷人的故事，深入的寓意，是思維的部份。此外，寫小說又必須仰賴某種非理性的氣度或氣質，有時需要長期醞釀，可遇而不可求，可望而不可及，有時卻又靈光乍現，不請自來，油然而生。

小說這麼難寫，不能寫小說已有一段時間，由是問自己原因。

工作的確變得煩忙得多。托中國和韓國富強起來，日本具有經濟實力，南亞各國力爭上游的福，東亞系是愈來愈大，學生愈收愈多了。做過老師的人大約都能分享一種經驗，就是，你得管學生學業上的事，也得管學業外，包括了和父親打架母親吵架、心情煩惱愛情糾紛等。後者自然更有趣，但是精力耗費得更多。

此外，家事多年做下來，終於磨練出愚鈍的心智也是不假的事實。育兒燒飯買菜開車洗碗洗衣掃地等等說來沒一件要緊，又沒一件不得不做，這麼日日做下來，產生滴水穿石的力量，倒是成就了為社會所讚美的勤勞簡單的家園人格。你要是看托爾斯泰夫人寫的日記，就會明白，在托爾斯泰氏的家中，為什麼大文豪不是得管一大家子十一個小孩食衣住行的、本來很有文學天分的索菲婭，而是每天只需「向世界宣揚愛」的列夫了。

一九八七和一九九〇年連續回來台北，接觸到台灣生態和文藝環境的快速變化，居住在國外的我感到了衝擊。八七年還能收攏心思，寫一篇〈索漠之旅〉之類的文字。第二次回來以後，長時間處於頭腦空白狀態，一個字也懶得動筆，只覺得寫小說這門事真沒多大意思。有時真正地覺得，在台灣今天的社會，不如在台大門口擺個地攤都比「從事文學工作」強。

如果借用文學上的詞彙，這是給解了構，如果用一句美文俚語來說，這是遇到了「第二十二條軍規」。

是的，價值觀迴異，調轉，架空了。曾經是好的，現在是不好的，曾經是不好的，現在正是好。例如在文學上，嚴肅、深沉、細膩、溫和、綿長這類品質都變成乏味的東西，你要是還談這些或者為它們而努力，你就是不識時務，或者，「海外作家」。即時、通俗、輕淺、雜浮、短促、誇張、強調官能刺激等，是有勢力有讀者的主流風格。繪畫界談的是幾號多少錢；藝評可以用一字兩塊錢的方式買來；投稿者得先交刊登費，因為「稿源太多、篇幅有限」。曾經為人，至少一部份人，輕視的名、利兩回事，現在則是人人有組織有系統有計畫地，理直氣壯地追求著。

標準有了大扭轉，扭轉之徹底和勢力之盛行，幾乎人人不能避。

無論這種文藝風氣是不是在尾隨著西歐的「後現代」、「後殖民」走，它倒是的確反映了當前的文化動向和需求。換句話說，不必去看一大堆翻譯理論，揣摩象徵代號符碼前置後置指涉被指涉等等術語在中文上的意義，你只要在台北街頭站上十分鐘，看著那橫衝直撞肆無忌憚的機車群，它之繁榮昌盛，之陷城市於交通癱瘓神經崩潰的邊緣，你就不得不承認，世界已經改變了，人性已經不一樣了，而文學也必須要以某種不同的面貌出現，才能面對這種改變了。至於現在流行的寫法是不是就是理想的形式，也許還是個疑問，但是在這同時，你不得不承認，不管你喜歡不喜歡，或者離詩與神話的距離有多遠，在某種程度上它們的確響應了社會的需求，或者說，反映了時代的現象，如果不是精神。

這一回，倒是自己應該反省了。意識或心態得再整合。過去寫過的現在看起來沒多大意思，此刻流行的又絕非己志。在否定和懷疑之間，寫小說的筆暫停。最大的原因，自然是對小說，以至於對文學，失去了熱情。

一天晚上，應朋友邀請一同在飯店吃飯。九、十點回家來。斜靠在長椅上，鬆開卡領的鈕釦，準備休息一會再做別的事。晚飯的菜式算是清淡細緻，只是味精仍嫌多，餘味還留在口中，增加了慵懶的感覺。

那頭書房響起了馬勒的《第六號交響樂》。旋律緩慢地傳過來，流入安靜的室內空間。

音與音重疊在一起，分不清音域，進入的是感覺的底層，晦澀的情緒，綿延，把人導入似醒非醒、似夢非夢的境域。

真是曖昧遼闊的音樂，不懂音樂的我聽著聽著，只能這麼直覺地感覺。

馬勒在四十三歲的一九〇三年開始寫《第六》，花了兩年的時間完成。據樂評家們說，這是馬勒作品中最具個性和預言性的作品。最後一個樂章描寫的是作曲家自己的身世和命運。縝密沉鬱的性質使它超過了貝多芬的《田園》，是音樂史上「唯一的第六」。

無論如何，馬勒則把它比作結滿了果子的樹，在初演前的總排練時，自己給感動得了不得，幾至痛哭流涕，第二天放棄了親自指揮。

聽著聽著漸漸走神了，落入沒有邊界的疆域，某種模糊的情緒開始萌現，慢慢地涌上來，有一點傷感，有一點甜美，也有一點憂鬱。由它蔓延的時間我開始忖度它的內容，說是忖度，其實是在一種恍惚裡無所事事。

弄不清它的來源，也找不出它的牽連，過了好一會我才想起來，這可不正是那原本很熟悉的，消失了很久的，只有敏感的少年時候才有過的感覺麼？不是為了它的失去——本就早該是沒有的——而是為了它的再現，而讓人驚奇了。

這時，一幕景象如生地出現在眼前。

一座庭院。二層樓房圍著長方形的草地。靠南的這邊種著一排垂枝薔薇，正開著淺洋紅色的複瓣花。那邊沿樓牆植有十多株櫻樹，也許因為依長在樓蔭裡，幹和枝的姿態都特別纖秀。小路蜿蜒斜穿過草地引向樓的後門，入口台階旁有一株高大的印度黃檀——你知道，據說檀木的香氣在佛教說法上有解脫人間煩惱的功能——從那拗崛的樹結和樹皮來看，樹齡一定很老了。黃檀的幹上，比人高出三兩個頭的地方寄生著寬葉的羊齒，肥厚滋潤綠翠的模樣，只有在植物園的暖房裡才見得——我住在較冷的地方，在那兒羊齒養在暖房裡。樹上也生著灰紫條紋相間的可能屬於「流浪的猶太人」之類的攀爬性植物，從樹幹流浪下來，一路流浪到草地上，密密地爬了一地，爬到了你的腳旁，豐滿茂盛的程度令你發麻和起敬。

我是從右邊的廊道進入庭園的。草色茵茵，這麼厚這麼密，走上去沒有聲音。園裡沒有人。樓裡似乎也沒有人。這是夏天的午後，市民們都已聚往某處參加一場熱烈的反強權反暴力的示威遊行，我想樓裡的人也都去了。

沿著廊道走到盡頭的後門前，把臉貼上模糊的玻璃往裡張望，果然看不見一個人影，只看見走廊的牆，斑剝著淺藍色的漆。

就算見不到人，到蔭涼的裡邊去走一圈也很好。於是我轉動門的把手想把門拉開。鎖上了。用兩隻手一齊再拉，鐵鎖和門板相撞發出鏗鏘的聲音，響徹安靜的庭園。放棄了進去的打算，回轉過身，走下三、四級階梯。走下最後一級，抬起頭來的時候，我看見那頭廊底完全隱沒在黑暗中的角落，擁抱著一對年輕的愛人。

頭埋在彼此的頸彎裡，四隻手臂纏繞在肩頭，兩人的呼吸若不是混淆成了對方的就是已經消失了。

一點聲音都沒有地緊緊地擁抱著，無顧於世界的騷亂，脫身在時間以外。

靜靜的庭園，羊齒以某種頑強的生命力在滋長。

我想我之無法寫小說，不是因為工作煩忙、生活瑣屑、機車群囂張、文藝觀遷異或者世界改變等，只不過是因為在自己的心中，失去了這一座庭園。

（原載《聯合文學》一九八四年十一月，第七卷第十期，總八十二號）

水靈

我只記得黑煙草色的頭髮飄得遠遠的，
耳邊的沙，藍天，靜靜的響。
有風的日子，海水在岸上滾花邊。即使在這麼寂寞的地方，
除了我和天和水和岩石外，沒有別的，
世界的顏色還是那麼豐富。
亮麗的白色，亮麗的藍色，黃色。

海上常是灰色的日子，眼睛邊緣是灰色。

灰色的雲和灰色的水連在一起，如果不是波浪緩緩捲來，我幾乎以為地平線是在雲上面了。雲沉沉的壓在水上，風起時，它們頂多晃一下，又聚成長長厚厚的一堆。

屋中映滿海上的顏色。那些舊木板更蒼白了。好冷，火色黯黯淡淡。我不希望安寧這時候來。她回來的時候，頭髮是濕的，衣服一定也是濕的，大概她連衣服都沒有，她一定會凍著的。

這裡也有明朗的日子，只是晴得短暫，陽光帶來的是柔弱的溫暖。天，海水，一起輕輕的，清脆的波動著，岩石有隱約的光亮。

我常常要在這種天氣裡找點東西回來。偶然也能捉到幾條魚，可是它們看起來那麼憔悴，一定是夏季的時候迷了路了，結果還在寒冷的地方流浪著。如果再把它們放在火上烤死，未免太殘忍了些。

我只好拾些蚌貝殼，硬殼緊緊壓在石頭縫裡，我要用一把鈍口刀子，用盡力氣才能拿到。

去年夏天，我們——安寧和我——曾經捉到一條大青魚，淺紅色的肚子上有大片大片的魚鱗。陽光照在上面，整條看來好像是銀塑的一樣。

它是潮水沖上來的，皮已經要黏了。安寧說，還是叫它回去吧。我們把它帶到深海，它在水裡晃了好一陣子，然後擺擺尾巴，走了。以後我再也沒有看到這樣的魚，其實它可以再來的，我們並沒有殺它呀。

冬天停留得很久，淡色的日子延長著，好像永久一樣。可是夏天來得很快。一天晚上，吹起了風，第二天夏天就來了。

夏天，陽光潑下來，在地上氾濫著。

閃爍的天，閃爍的水。海鳥在空中飛，翅膀反映陽光，呱呱的叫著，刮去了空氣中最後的一層濕潤。

上層的水是白色，從地平線唰拉唰拉的捲過來，慢慢攤開，平鋪在沙上，然後一縮腳，又收了回去。灘上有很多貝殼。

去年夏天，我們沿著海灘拾貝殼，沿著水走，走得好遠好遠。我在安寧後面，她黑煙草色的長髮在風裡飄著，晃著，打著圈圈。

貝殼浸在海水裡的時候，一顆顆像寶石一樣的紅艷。可是收到袋子裡，現在我再倒在桌上時，只不過是些蒼黃的碎石灰片罷了。

白天，風很乾燥，因為從乾燥的陸上吹過去。可是晚上的風卻是涼陰陰的。風裡帶著淚水，帶了低低的哭泣聲，從木窗吹進來，淚水在黑暗裡飄散。

夏天木犀會映滿了月亮，暗暗的青藍色，角落裡流著月亮。

我相信，有一天安寧會從海水裡升起來的，披滿了碎星，輕悄的走過沙灘，走進月亮，然後無聲的站在我身旁。

人死後是有魂靈的，也許我們死了還會再回來，誰知道呢？也許在我安靜的屋中，這時就有一個小靈魂坐在角落上。他用手撐著下巴，睜大了眼睛，看我進屋裡，看我關門，看我推開窗子。

有一天，安寧必定會回來，帶著靜悄的光亮，像往日一樣。

她一定會回來的，因為我這麼喜歡她。

去年夏天。

夏天，海水像緞子一樣光滑。輕輕的拍打聲音，海鷗扇著翅膀的聲音，天清亮的藍聲。所有都像音樂一樣，靜靜的響著。我們在水裡游了好久，然後跑回沙灘曬太陽，然後再回到水裡，然後再回沙上。然後，然後……

我只記得黑煙草色的頭髮飄得遠遠的，耳邊的沙，藍天，靜靜的響。

有風的日子，海水在岸上滾花邊。即使在這麼寂寞的地方，除了我和天和水和岩石外，沒有別的，世界的顏色還是那麼豐富。亮麗的白色，亮麗的藍色，黃色。

在深水的地方，魚整群游著。我常看到一種，細長細長的，背上有條銀線。它們安穩的游著，像是從水縫中溜了過去。

秋天來得細緻，幾乎叫我覺察不到。

海上的秋天，灰藍色從遠處緩緩升起，穿過水面，穿過天空，穿過有雲的地方。

秋天的海空蕩蕩的，當我走在沙上時，腳下也是空的。我抬起腳來，落在什麼地方？所有看起來都是一樣，都在那裡，都不在那裡。

我不知道安寧要什麼時候回來，我猜一定是這樣的季節。她說過，她最喜歡這樣的天氣。

安寧的眼睛平常是深咖啡色，可是，當它們睜大了看著海水的時候，兩眼溢滿灰藍。晚上，我從睡夢中醒來，常常發現它們在暗中閃著，那時候卻成了又一種鬱綠的光彩。它們的顏色神祕的變幻著。

每天，黑暗中，我聽見海水刷刷的，緩慢而有節奏的拍著海岸。它在推一樣東西，從久遠的往古，到現在，繼續推到永久。

一樣渺然的東西，對每一個聽到的人，會有不同的感覺。它並不回答，可是問的人，自己能找到答案。這時候，想它在算著我和安寧之間的距離。

晚上，它拍著拍著，緩慢的，有節奏的，像音樂響起前，默數著拍子一樣。拍著，拍著，然後音樂響起。拍著，拍著，然後有一天，安寧會從海水裡昇起，向我走來。

我在水中失去她，必定能在水中找到她。

一個明亮的黃昏。

海上的黃昏永遠是悲劇。雲燃燒，海燃燒，照在水面上無聲無形的瀰漫。天一半淺藍，一半紅，銜接的地方是大片大片濃麗的紫。海這麼平穩，只能看見一些線條在彎曲扭動著。

可是絢麗的火焰就會被煙抹得模糊了。灰塵落了下來，慢慢慢慢降落在水面上，慢慢慢慢沉了下去。然後落得快些，快些，以後空中飄滿灰色，海中沉滿灰色，一陣落灰急速過去，熄滅了黃昏。

親切的黑夜走來。

一個同樣燦爛、悲劇、明亮的黃昏。

雲很紅，可是，比往常更要安靜了。我聽見昏黃燃燒的聲音，秀氣而又熟悉，從遠處清晰的傳到我的耳中。有些半路上就折斷了，我聽見碎裂的聲音。

灰色的灰依舊降落，沉澱。可是腳下很空，就像秋天來了的感覺。海看起來這麼空虛，黃昏已經熄了，夜晚還沒有來——一段休止的時間。

我突然聽見周圍浮起微弱的聲音，我搜索著，從地上飄起層層細絲，帶了光彩。

在曖昧的灰色中，我看見一圈光輝，上昇，上昇，漸漸散在空中。

我看見一個白色細瘦的影子從水中緩緩的昇上來，就像那圈光輝，在水上輕輕搖晃著。隨了水波，輕輕晃動，晃動。在未來的黑暗中，我看見，那是安寧。

那是安寧。

她的頭髮落在肩後，風展開衣上的褶子，白色綢子和頭髮一起吹著，飄著，海在她身上晃著細碎的水光。

她的臉看起來很蒼白，可是兩頰映滿方纔黃昏的紅彩。我可以清清楚楚看見，在鬱綠未來前，她眼睛裡的那一片深藍色。它們依舊和往日一樣，像玻璃般黯黯閃著。

幾乎是半透明的，她漂在粼粼的水上。

我看見她手中拈了一根水草。

輕輕的聲音已經沒有。黑夜來得很快。慢慢灑在我和安寧的四周。她抬起手，手在昏黯裡漂流著月光。

我走過沙灘，走進近水的地方，海是這麼溫和親切。

水升到了我的腰，我舀起一手水，顏色透明。

我覺得胸中有溫暖的壓抑感覺，溫暖繼續增加著。

我走在軟軟的水中，水在耳旁輕聲拍打著。那秀氣的聲音又起了，它在水裡穿梭，帶著成群的光亮。

安寧站在水上，手裡草在漂浮，風裡晃動了笑容。

溫暖的壓抑感從胸蔓延，從我的頸上升，在頭上蔓延。我好像躺在大群鬆軟的雲裡，雲漸漸散開，圍住了我的身體。
我看見綠色伸展著，從我眼前一直伸去。
黑暗的水。
安寧煙草色的頭髮。

*此文一九六五年五月十九日刊登在《中華日報》上，是我第一篇發表的小說。很多年後跟松棻聊起它，說當時沒留剪報，原稿不見了。松棻拿出一張脆黃的原報頁，「給妳留著了。」這裡每篇都經過改動，除此篇以外；謹以青澀文字記誌與松棻共度的少年時光。

〔跋〕

最後的壁壘

收集在這裡的十五篇，從一九六五年寫起，至此刻而不止，從時間上來說，實可稱之為跨世紀。

〈水靈〉是第一篇發表的小說，和實驗性較強，收錄在另一本小說集*的三篇——〈夏日——一街的木棉花〉、〈青鳥〉、〈連續的夢〉——寫在同一時，都屬於文學少年的冒險，連篇名都透露著青春氣息。

出國攻讀研究所，不久涉入北美保釣運動，文學暫止步，只寫學術論文和學運雜文。前者訓練文本資料等的收編解析能力，當時不愛，以後才明白了它對寫作的助益；後者下筆很痛快，想要擺脫它卻頗費了一番力氣。

回來寫小說已經離〈水靈〉過去了很多很多年。退出運動莫非是因為文學和政治無法妥協，緣由在別處解釋過，這裡就不再重述。

重啟小說之筆，很多精神都用在和學運文類「戰報體」的糾纏上。這時間寫的東西，凡揭櫫歷史、政治大勢、社會脈絡的，讀來都很乏味，都不收在這裡。歷史是頭猛獸，想用文學，特別是以小說形式，來駕馭或載負它，往往會犧牲了文學，辜負了歷史。

為結集而整理舊作，深感到一路走來的蹣跚顛簸。很多硬寫的地方令人赧顏，多篇不得不從綱領到細節到字句反覆地修理，修到了重寫的地步——例如〈亮羽鶇〉、〈傑作〉、〈似錦前程〉、〈收回的拳頭〉、〈金合歡〉。修不了的就索性放棄原文另起新文——例如〈三月螢火〉（原為〈冬天的故事〉）、〈叢林〉（原為〈亮羽鶇〉的第一部份）。

一切依賴電子和圖素的今下，讀和寫的方式都不一樣了，影音已經和文字分庭抗禮，如果還沒有取代文字，生活和思維都在進行著本質的變化，小說的心和身隨之也在變化中，種種呈現的問題，例如過濾資料的方式，處理記憶的手法，敘事的架構，文字的節奏等等，如果不想因循下去，勢必要重新考量設計。本就是難度頗高的藝術形式，再次達到精神方面的強度而使人感動，愈發是項困難的工程。

而小說發展走到這會的一步，沒有題材沒給探究過，沒有手法沒給經營過，可說世界已無新事，妙計都已使盡，若以為還能翻弄出什麼新面容，也是一廂情願了。

曹雪芹、雨果、巴爾扎克、托爾斯泰、普魯斯特、魯迅、沈從文、吳爾芙、卡夫卡、福克納等名字所光照的文學可以啟蒙，啟發，反叛，顛覆的黃金時代，早就過去了。

地平線頗暗淡。曾經是唯一的志業，如今是選擇的一種；以前沒有它就不行的，現在成為可有可無，用別的活動來替代也無妨。文學的高標偉志像星斗一樣一件件隕落了。

然而在私我的層次上，對個人來說，它的功能和意義卻始終不曾遺失或稀釋過；如果文學依舊可以使人面對逆境，從生命的無奈中振作起精神，把日子好好的過下去，那麼寫小說，或者寫作，就仍是一座堅守的壁壘，一道倔強的防線，一種不妥協或動搖的信念。

*《應答的鄉岸》，一九九九

INK PUBLISHING 印刻文學 358
九重葛與美少年

作　　者	李　渝
總 編 輯	初安民
責任編輯	施淑清
美術編輯	林麗華
校　　對	施淑清　李　渝
發 行 人	張書銘
出　　版	INK 印刻文學生活雜誌出版有限公司 新北市中和區中正路800號13樓之3 電話：02-22281626 傳眞：02-22281598 e-mail：ink.book@msa.hinet.net
網　　址	舒讀網http：//www.sudu.cc
法律顧問	漢廷法律事務所 劉大正律師
總 代 理	成陽出版股份有限公司 電話：03-3589000（代表號） 傳眞：03-3556521
郵政劃撥	19000691　成陽出版股份有限公司
印　　刷	海王印刷事業股份有限公司
港澳總經銷	泛華發行代理有限公司
地　　址	香港筲箕灣東旺道3號星島新聞集團大廈3樓
電　　話	(852) 2798 2220
傳　　眞	(852) 2796 5471
網　　址	www.gccd.com.hk
出版日期	2013年6月　初版
ISBN	978-986-5823-04-7

定　價　300元

國家圖書館出版品預行編目資料

九重葛與美少年
／李渝 著；
--初版, --新北市中和區：INK印刻文學，
2013. 06　面；　公分.（印刻文學；358）
ISBN　978-986-5823-04-7（平裝）
857.63　　102006806